暗殺

赤川次郎

新潮社

目次

装画　太田侑子

暗殺

1 駅

「本当にいいの？　一緒について行かなくて」

母の言葉に、玄関で靴をはいていた麻紀《まき》は振り返ると、

「やめてよ！　大学受験にお母さんがついてくるなんて、聞いたことない」

と言った。

「そんなことないわ。果林《かりん》ちゃんの所はお母さんがついて行くっておっしゃってたわよ」

「あの子はお嬢様だもん。うちは庶民ですから」

と、麻紀は言って、「じゃ、行って来ます！」

と、玄関のドアを開けて勢いよく外へ出た。

「気を付けてね！　車に用心して！」

母の声は閉ったドアの中から聞こえて来た。

「全く、もう……」

本当のところは、「ついて行かなくていいの？」じゃなくて、「ついて行っちゃいけないの？」と言いたいのだ。

一人っ子の麻紀の大学受験。母が心配するのも分らなくはないけれど……。

でも──私はもう十八歳なんだ！

同じ学年で、麻紀の目指すK大学を受ける子は何人かいる。試験会場で顔を合わせたっておかしくない。

そのときに、母親同伴じゃね……。

「大丈夫！」

冷たい朝だった。吐く息が白く流れて行く。

バスと電車を乗り継いで、一時間と少し。でも、万一事故にあったりすることを考えて二時間近く前に家を出ていた。そのせいで余計に寒いのだ。

でも、この日のために、しっかり計画を立てて

勉強して来た。絶対に受かる！

工藤《くどう》麻紀は軽快な足取りでバス停へと向っていた。

ところが――。

思ってもみないことだった。麻紀が受験するK大学を下見に行ったのは土曜日の昼間のことで、今日は平日の朝だったのだ。

いつも都心とは反対方向の高校へ通っていた麻紀は、通勤ラッシュというものを知らなかった。

バス停には十人ほどが列を作っていたが、やって来たバスはすでに満員で、新しく乗客を入れる余地がないので、バス停で停まらず、通過して行ってしまったのだ。

利用客は減っていたが、その分、バスの本数も減っていた。――麻紀は焦った。

三台目のバスに何とか乗ることはできたが、ここで十五分も待たされてしまっていた。

そして、電車もラッシュアワーには、しばしばスピードを落として運転している。――K大学のある駅に降り立ったとき、試験開始時間まで二十分しかなかった。

もちろん、駅から大学までは歩いて十分ほどだから、遅れる心配はなかったのだが、あれほど悠々と家を出た麻紀は、改札口へと向う人の流れを必死でかき分けなければならなかった。

こんなに焦るなんて！――麻紀は、それでも何とか気持を落ちつかせようとした。

こんなにあわててたら、いつもの力が出ない！麻紀、落ちつくのよ！

幸い、駅の改札口を出ると、通勤客のほとんどは右手の出口へ流れて行き、麻紀と同じ左手へ行く客は少なかった。同じ受験生と分る高校生も何人か目について、麻紀は安堵《あんど》した。

売店やコーヒーショップの並んだ通路を抜けると、数段の階段を下りて、外の通りへ出る。――あわてて転んじゃいけない！

麻紀は一旦止まって、呼吸を整えた。

階段を下りかけたとき、大急ぎで駅へやって来る男性がいた。かなりしわになったコートをはおって、背広も小さめのせいか――太ってしまったのだろう――型崩れしている印象だった。

息を切らしながら、太った体を自分で持て余しているように、麻紀と階段ですれ違った。

こんな寒い日なのに、汗かいてる、と麻紀はチラッと思った。でも、そんなこと、どうでもいい。

階段を下りて、二、三歩行きかけたとき、背後でバンと何かが破裂するような音がした。

思わず振り返ると――信じられない光景が見えた。

すれ違った、あの太った男性が、よろけながら階段を転がり落ちて来たのだ。そして、男性の斜め前に黒いコートの男が立って、その手には、どう見ても拳銃としか思えないものが握られていた。

今のは――銃声？

麻紀が呆然として見ていると、倒れた男性が胸を押えて苦しそうに呻《うめ》いた。その指の間から赤いものが溢れて来る。血だ。

何、これ？　どういうこと？

目の前で起ったことが信じられない。だって――まさか、そんなこと――。

倒れた男がもう一方の手を麻紀の方へ伸ばそうとした。助けてくれ。――言葉にならなくても、そう言おうとしていることは分った。

しかし、黒いコートの男は進み出てくると、倒れた男に銃口を向けて、引金を引いた、一度、二度。銃声が耳を打った。

倒れた男は動かなくなった。

麻紀がその場に立ち尽くして動けずにいると、黒いコートの男は拳銃を握った右手をコートのポケットに入れた。

そしてその男は麻紀を見た。色白で無表情な顔。銀ぶちのメガネの奥の冷ややかな目が麻紀を見たのだった。

いやでも目が合ってしまう。振り向いた麻紀は、黒いコートの男と正面から向き合うことになったからだ。

そして——その男はクルッと麻紀に背を向けて、歩き去った。

「——どうしたの?」

と、声がして、エプロンをつけたおばさんがサンダルばきでやって来ると、「まあ！　血が出てるじゃないの！」

「あの……」

「どうしたの、一体?」

「知りません。私——」

「ともかく救急車、呼ぶからね！」

と戻りかけて、「あなた、ここで見ててね！」

そんな……。私、何も関係ないんです！

そう叫びたかったが、声が出ない。

人が何人か——駅へ入る人、出て来る人もいたが、みんな倒れている男をチラッと見るだけで、足も止めずに行ってしまう。

「そうだ。——入試なのよ」

ここで待ってなんかいられない！　試験に遅れちゃう！

もう行こう。だって、私、何も知らないんだもの。

「ごめんなさい」

と、口の中で呟《つぶや》くと、麻紀は行ってしまおうとした。

そのとき——倒れた男が、目を開けたのだ。麻紀はびっくりした。もうてっきり死んだと思っていたからだ。

男は、はっきり麻紀を見ていた。そして、かすかに口が動いた……。

麻紀は駆け出した。――K大学へ、急がなきゃ！

「私、知らない。――何も知らない」

何度も口の中でくり返しながら、麻紀は試験開始の七分前に、K大学の校門を入って行った。


「で、どうだったの？」

と、母の咲代《さきよ》が言った。

夕飯のおかずのハンバーグにはしをつけながら、麻紀は、

「何が？」

と訊《き》き返した。

咲代は呆れたように、

「決ってるじゃない。試験のことよ。出来はどうだったの？」

咲代は、娘の麻紀が帰宅してからずっと我慢していたのだ。

あまりいい結果ではなかったらしい、ということ。それは麻紀が帰宅するなり真直ぐ自分の部屋へ駆け込むように入ってしまったので、察していた。

いつもの麻紀なら、出来はどうでも、

「終った！」

と、明るく飛びはねそうなものだ。

でも――いつもの学校のテストとは違う。大学の入試となれば、思うように行かないショックが大きかったのかもしれない……。

そう思って、咲代は夕飯のときまで娘に声をかけなかった。しかし、ごく普通の様子で夕飯に出て来た麻紀を見て、咲代は分らなくなった。

そして、辛抱できずに訊いたのである。

「で、どうだったの？」

――麻紀は、

「うん……。まあまあかな」

と答えた。

「じゃ……大丈夫そう？」

「そんなの分んないよ。一週間すれば分るんだからいいじゃない」

「そうだけど……。お父さんが心配してるのよ」

「お父さん？　会社でしょ？」

父、工藤拓也《たくや》はほぼ毎日、残業で遅い。今日も一緒に夕食というわけにいかなかった。

「知らせてくれって言われてるの。麻紀がどんな風か。きっと苛々《いらいら》して仕事が手につかないわよ」

「だって……分んないじゃない。そう言っといてよ」

「でも……たぶんどうだ、とか、よくできたと思うとか……」

「そりゃあ……そうひどい出来じゃなかったと思うよ」

麻紀のその言葉に、咲代の顔がやっと穏やかになった。

「そう！　それならそれでいいのよ。――じゃ、お父さんにそう電話しとくわね」

と、咲代は席を立って行った。

麻紀の目は、ＴＶの方へ向いていた。

ニュースの時間まで、あと数分だ。きっとあの事件が取り上げられるだろう。

「――そうだよ」

と、麻紀は呟いた。「あんなことがあったのに、ちゃんと試験を受けられたんだよ……」

目の前で、人が殺された。――そんな経験、誰だってしてないでしょ？

私はそれを見ていた。でも、必死でテストに集中し、問題を解いた。自分でも、よくそんなことができたとふしぎだった。

その結果がどうなのか、そこまでは分らない。ただ、ああいうときに、ともかく試験を受けたこと。そんな自分を、ほめてやりたかった。

「――お父さん、ホッとしてたわ」

と、咲代が戻って来て言った。「精一杯やったのなら、それでいいって」

麻紀は曖昧《あいまい》に微笑んだ。

TVはニュースになっていた。

トップニュースは、どこかの国の国王が来日したという話。そして、〈朝の駅前で銃撃〉という文字が目に飛び込んで来た。

「お母さん」

と、麻紀は茶碗を差し出して、「おかわり」

と、少し大きな声で言った。

「まあ、食欲はあるのね」

咲代が台所に立って行く。

TVの画面にあの場所が映っていた。――あそこにいたんだ。

ご飯をよそって来た咲代は、ニュースに全く関心がないようだった。アナウンサーが、あの大学のある駅の名前を口にしても、何も気付いていないようだ。

麻紀はホッとした。

もう忘れてしまおう。私には関係のないことなんだから。

もちろん分っている。――麻紀は、撃った男の顔を見た。そして向うも麻紀を見た。

でも、私が何も言わなくたって、警察があの男を捕まえてくれるだろう。そうだ。私なんか、別にあの男と知り合いだったわけじゃないし。

ニュースでは、殺されたのが〈竹内《たけうち》〉何とかいう人で、自由業だったと言っていた。

「――警察は詳しい経緯について調べています」

そうだよね。あの男は凄く冷静だった。

無表情で、本当に眉一つ動かさずに、引金を引いていた。怒った末に、とか、恨みをこめてという風には見えなかった。

ああ！　もう忘れよう！

「ごちそうさま」

と、麻紀は立ち上ると、「お風呂に入って寝るね。ちょっと疲れた」

「ええ、いいわよ。明日、何か予定あるの？　なければ、起きて来るまで放っとくけど」

「そうだね。でも、きっと目が覚めるよ」

麻紀は階段を駆け上った。

ＴＶはもうニュースが終り、どのチャンネルでもやっているようなバラエティ番組になっていた……。

2　夜中

「お疲れさま」

という声が、いくつか飛び交う。

「やっと終ったわね……」

と、同じ仲居のアケミが自分で自分の肩を叩きながら言った。

「少し飲んだ？」

と、芳子《よしこ》は訊いた。

「ビール二杯かな。日本酒は本当に酔っちゃうからね。何とか逃げたわ」

温泉旅館の宴会の席で、客にビールやお酒を注ぎながら、酔った客に「一杯やれよ」と言われたら、なかなか断れない。

「芳子さんはいいわね。飲んでも酔わないじゃない」

帯を解《ほど》きながら、アケミが言った。

「昔はね。今はもうだめ。顔に出なくても、明日に残るわ」

佐伯《さえき》芳子はそう言って、自分のロッカーを開けた。

「明日は午後でしょ?」

アケミに訊かれて、芳子が、

「そうだけど、早く起きて部屋の掃除――」

と言いかけたまま、手にしたケータイを見て黙ってしまった。

アケミが芳子を見て、

「どうしたの?」

「いえ……。何でもない」

芳子はケータイを布のバッグに放り込んだ。

「あ、いい人からかかってたんじゃないの?」

アケミがからかうと、

「そんなわけないでしょ」

せかせかと私服に着替えて、ロッカーを閉じる。

「じゃ、お先に」

「また明日」

アケミは、四十五歳の芳子より一回り下の三十三歳。仲居として一緒に働くようになって五年以上になる。

年齢は離れていても、というより一回りも違うから、却《かえ》って気が楽なのかもしれない。何でも気軽に話せる相手だった。

温泉旅館〈風雅荘《ふうがそう》〉の通用口を出ると、厳しい寒さが体を包む。

夜、十二時を回って、もちろん通りには誰もいない。幸い風はなかったが、それでもつい足取りは速くなる。

芳子が借りているアパートまでは、ほんの数分の距離だった。

「冗談じゃないわよ……。今さら何よ」

　ブツブツひとり言を言いつつ、アパートに辿り着く。〈103〉の鍵を開けて中へ入ると――部屋が暖かくなっていて、カレーの匂いがプンとする……わけはなかった。

　一人暮しの部屋は冷蔵庫のように冷え切っていた。明りを点け、カーテンを閉めてから、旧式な石油ストーブに点火する。

　コートを脱いで、ストーブの熱にじかに当りながら、バッグからケータイを取り出した。

　仕事中はずっと電源を切っている。さっきロッカーの前で電源を入れた芳子は、何度も同じ番号からの着信があったのを見て、ドキッとしたのだった。

　今さら……。何の用なの？

　放っておこうかと思った。しかし、最後の着信は、夜の十一時過ぎだった。

何かよほどのことか……。

　しばらく迷ったが、思い切ってその番号へ発信した。すぐ出なければ、切ってしまおう。

　疲れた身で長話に付合う元気はない。

　しかし、呼出音が三度聞こえる前に、向うが出た。

「もしもし。何の用？」

　と、芳子は言ったが、

「――もしもし？」

　聞こえて来たのは女の声だった。「そちらは……」

「そっちからかかって来たので……」

　面食らったが、落としたケータイを誰かが拾ったのかと思い付いた。

「失礼しました」

　と、その女性は、はっきりした口調で言った。

「M署の西原《にしはら》と申します」

「M署？　――警察の人？」

「そうです。このケータイをお持ちだった竹内貞《さだ》夫《お》さんをご存じですか？」

「あの……」

少しためらったが、嘘をつくわけにもいかない。

「知っています。元の夫です」

「ああ……。奥様でしたか」

「以前は、です。もう別れて十年近くになります」

「〈芳子〉さんという名で登録が」

「佐伯芳子です。旧姓に戻ったので」

「分りました」

「でも——どうして竹内のケータイが？」

「竹内さんは亡くなりました」

さりげなく言われたので、芳子はポカンとして、

「はあ……」

と、間の抜けた声を出した。

「ニュースでご覧になりませんでしたか？」

「ニュースなんか見てる暇はありません。夜まで働いて、今帰ったところです」

と言ってから、やっと驚きが実感できた。

「あの——竹内はどうして……」

「殺されたんです」

今度こそ、芳子は息を吞んで、しばし絶句した。

「いきなりこんなお電話をして、申し訳ありません」

西原という女性はやや事務的な口調から変って、

「竹内貞夫さんは昨日の朝、射殺されたんです」

「射殺……。銃で撃たれたということですか」

「そうです。今のところ、犯人は見付かっていません。竹内さんの周囲の方々に、色々伺っているところです。——佐伯さんでしたね？　今、どちらにおいでですか？」

「〈S谷温泉〉です。そこの〈風雅荘〉という旅館で働いています」

「〈S谷温泉〉は知っています。数年前に行った

ことが――。恐縮ですが、こちらへおいでいただけないでしょうか」

「え？　東京へ、ですか。私が？」

「ええ。ぜひお願いします」

「でも、もう十年もたつんです。竹内のことは……」

「身許を確認していただきたいんです」

「でも……。他に誰かが……」

「竹内さんはお一人でお住いだったようです。どこかに勤めてはおられなかったらしくて」

「はあ……」

「お手間は取らせないようにします。〈S谷温泉〉からでしたら、日帰りは無理でも、二日あれば大丈夫でしょう」

「でも、仕事が――」

「私から旅館のご主人にお話ししましょうか」

押し付けがましくはないが、静かな口調の内に、譲らないという意志を感じた。

「いいえ、待って下さい。分りました。明朝ここを出て、そちらへ伺います」

「ありがとうございます。それで――」

「旅館の方には、何も言わないで下さい。私は仲居ですけど、正社員じゃないのです。もし殺人事件に係《かかわ》っているなどと言われたら、すぐに解雇されそうですから」

早口でそう言うと、向うは、

「そういうことでしたら。そちらの都合のよろしいようにして下さい」

「じゃ……どちらへ伺えば？」

言われた場所をメモする。相手は、

「――では明日、お待ちしています」

と、礼儀正しく言って、自分のケータイ番号を告げてから、「私は西原ことみと申します」

と言って、切った。

大きく息を吐いて、芳子はしばらくストーブの前から動かなかった。

そして、フッと我に返ると、ノロノロと立ち上って、着替えをした。

「コーヒー。——コーヒーだわ」

インスタントだが、少し高級なのを買っている。芳子の小さなぜいたくだ。

ミルクと砂糖を多めに入れて、甘さを感じるコーヒーを飲むと、やっと落ちついて来た。

「竹内が……」

射殺された？　死んだことより、そっちにびっくりしていた。

正直、別れて十年、一度も連絡していない。死んだと聞いても涙も出ないが、しかし……。

竹内はだらしない男ではあったが、暴力団などと係ることはなかった。銃で撃たれたというのは、なぜだろう？

「——人違い。きっとそうだわ」

誰かと間違えられたか、それとも抗争の近くにいて巻き込まれたか。

もしそうなら、あの西原という警察の人が言ってくれそうなものだが。

「ま、いいわ」

明日、東京へ行って話を聞けば分るだろう。

——それよりも今の芳子は、明日、「二日間休ませて下さい」と、どういう口実を作って言えばいいかに頭を痛めていた。

嘘をついて、それがばれたら最悪。むしろ本当のことを言おうか。

「以前の夫が亡くなって、一応お葬式に」とでも？

葬式に出ると言えば、なかなか「だめ」とは言わないものだ。そう、その方が……。

そこまで考えて、芳子は思わず口に手を当てて、

「いやだ！」

と言った。「どうして忘れてたんだろ！」

――竜夫《たつお》。竹内竜夫。芳子の息子である。十年前、夫の手許に残して来て、今は十八歳のはずだ。それにしても、子供のことを忘れてたなんて。

竹内は一人住いだった、とあの刑事は言った。では、竜夫はどうしたんだろう？

どこでどうしているのか、訊くあてもない。

別れたとき、竹内は竜夫と共に実家の母の所へ行ったはずだ。ただ、実家は岡山の、かなり山の中。竹内は東京で勤めていたのだから、たぶん一人で東京に戻っただろう。

だが、竹内は決った仕事をしていなかったという。今、四十七だった。リストラされたのだろうか？

芳子は、竹内の実家の電話番号も知らない。

仕方ない。――すべては明日だ。

「朝早く起きなきゃ……」

今はそのことが一番辛い芳子だった。


「夫です」

と言って、芳子はあわてて、「元夫です」

と言い直した。

頭髪は薄くなり、首の辺りは肉がダブついていたが、竹内貞夫に違いない。

血の気のない顔は、ちょっと怖かった。

「ご愁傷《しゅうしょう》さまです」

と、女性刑事の西原ことみが言ってくれた。

全く感情のこもらない口調だったが、それは一つの手続きのようなものだったろう。

「はあ、どうも」

芳子としても、どう返していいか分らない。

「ずっとお会いになっていなかったのですか？」

と、西原ことみが訊いた。

「ええ。もう十年近くになります」

と言ってから、「あの――犯人は分ったんでしょうか?」

「今のところ、まだ不明です。黒いコートを着ていたらしいということしか……。努力しておりますので」

「ええ、それはもちろん。――でも、竹内は銃で撃ち殺されるようなこと……。昔から、危ないことには近付かない人でしたが。あの――誰か他の人と間違って撃たれたのではないでしょうか? あるいは、撃ち合いの巻き添えを食ったとか。そんな風にしか思えないんですが」

しかし、西原ことみは表情一つ変えず、

「私どもも、そこがふしぎなのです」

と言った。「竹内さんはフリーライターだったそうですね。でも暴力団や右翼といった危ない取材には係っていませんし、なぜ殺されたのか……」

「人違いということは……」

「一発目で倒れ、さらに犯人は二発撃ち込んでいるんです。人違いとは思えません」

「まあ……」

初めて、竹内のことが可哀そうになった。痛いことに弱くて、ちょっととげが刺さっても大騒ぎしていた人だった。

三発も撃たれたなんて、どんなに痛かっただろう……。

「――どちらかでお話を」

と、西原ことみが言った。

「ブルーマウンテンを」

と、女刑事が頼むのを聞いて、芳子は、この人、コーヒーが好きなのね、と思った。

「私も」

と、つい頼んでいた。

ちょっとレトロな造りの喫茶店だった。

西原ことみは、三十そこそこだろう。メガネをかけて、地味な色のスーツ。学校の先生という印象だ。

「一つ伺いたいんですが」

と、芳子は言った。「竹内との間に男の子が一人いて、〈竜夫〉といいます。今十八歳のはずなんですが、連絡は取れるでしょうか」

「〈竜夫〉さんですか。――竹内さんのケータイに〈T〉という着信がいくつかありました。おそらく……」

「私、連絡先を知らないのです。もしケータイ番号が分れば」

西原ことみはメモ用紙に番号を記入して芳子に渡したが、

「私も、この番号へかけてみましたが、出ませんでした。つながってはいるのですが」

と言った。


「そうですか。――竹内の実家は遠くて……。母親がいましたが」

「当ってみましたが、もう亡くなっています。ご実家も誰も住んでいないと地元の警察が教えてくれました」

「そうですか……。じゃ、息子はどこにいるのかしら」

コーヒーをゆっくり飲みながら、

「お仕事は大変ですか」

と、西原ことみが訊いて来た。

「ええ、まあ……。体を使う仕事ですからね。古い旅館なので、台所とか使いにくくて、板前さんがすぐ辞めてしまうんです」

「明日はお帰りに?」

「はい。二日休むだけでも、女将《おかみ》さんにいやな顔をされました。それ以上休んだらクビですね」

「それは申し訳ありません」

「いいえ、そんなこと。――でも、元の夫が亡くなった、とだけ言ってあります。殺されたなんて聞いたら、即クビでしょう。口やかましい人で」

コーヒーを飲み干すと、西原ことみは、

「これから行ってみますか？」

「え？」

「竹内さんの住いです。息子さんのことが何か分るかもしれません」

「はい、ぜひ！」

竹内がどんな生活をしていたのか、知りたかった。もともと身の回りのことには構わない人だったから、相当乱雑だろうとは想像できた。

席を立つとき、芳子は、

「コーヒー代を」

と、財布を取り出したが、

「大丈夫です」

西原ことみは伝票を取って、「これぐらいは給料をいただいていますので」

そう言って、ニッコリ笑った。

思いがけず、人なつっこい笑顔だった。

表に出て歩き出しながら、

「目撃者がいたはずなんです」

「え？」

「朝の駅ですから、誰かが見ていたと……。高校生らしい女の子がいたという話があるんですけどね」

「目撃者……。怖かったでしょうね」

「でも、見付けなくては」

と、西原ことみは力をこめて言った。「必ず見付けます」

この人ならきっと見付けるだろう、と芳子は思った。

「じゃ、地下鉄で」

と、女刑事は促した。

3　記憶

「女がいたんだわ」

思わず、佐伯芳子は言った。

殺された竹内貞夫のアパートに着いたのは、もう夕方で、辺りはすでに暗くなっていた。二階建の平凡なアパート。その〈２０４〉が竹内の部屋だった。

西原ことみ刑事が玄関の鍵を開け、先に入って明りを点ける。

その明るくなった部屋をひと目見て、芳子は、「女がいたんだわ」と言ったのである。

「すみません」

芳子はちょっと恥ずかしそうに、「きれいに片付いてるものですから……」

「私どもで、一応殺害された理由の分るものがないか調べました」

と、西原ことみは言った。「でも、引出しの中や本棚などを調べただけで、他の物には手を付けていません」

「それじゃ、やっぱり……」

部屋へ上ると、芳子は台所の流しや、洗面所、トイレ、浴室などを見て回った。

「――どこも、ほとんどゴミや髪の毛などが残っていませんね。竹内が一人で暮していたら、こうはいきません」

「そうですか」

「そりゃあだらしない人でしたもの。ティッシュペーパーの箱が引っくり返ってれば、一週間たってもそのままっていう人です」

「アパートの人に訊いてみましょう。一応一人暮しだったと聞いていますが」

「ここへ通っていたのかもしれませんね」

と、芳子は言った。「お風呂場が……」

「何か？」

「石ケンやシャンプーが一種類しか置いてませんね。女性がいれば、たぶん自分用に違うのが置いてあると思います」

西原ことみは微笑んで、

「いい観察力をお持ちですね。私も同感です。一緒にここへ来た男性の上司は、そんなことには目もくれませんでした」

「いえ、そんな……。仲居をしていると、色んなお客様に出会うので」

「息子さんのことや、その女性のことを知る手掛りを捜しましょう。違う目で見れば、何か別の発見があるかもしれません」

「ええ。きっと何か――」

と、芳子が言いかけたときだった。


玄関のドアの外に足音がしたと思うと、ドアが開いた。そして、ハーフコートをはおった若い男が入って来たのである。

「――あれ？」

と、その男は芳子たちを見て、びっくりした様子で、「あんたたち、誰？」

「あなたは？」

と、ことみが訊いた。

「ここ、親父の部屋だよ」

芳子が息を呑んで、

「竜夫？」

「え？」

「竜夫なのね！　まあ……」

ちょっと間があって、

「――母さん？」

「そう。そうよ。竜夫、お前、ここにいたの？」

「いや、ここに住んでるわけじゃ……。でも、どうして母さん、ここに？」

「お前、知らないの？」

「何のこと？」

ことみが、

「警察の者です」

と言った。「竹内貞夫さんの息子さんですか。ご存じないようですけど――」

「あの、私が」

と、芳子はことみを止めて、「竜夫、お父さんは亡くなったのよ」

竜夫は反射的にちょっと笑った。――信じる気になれないのだろう。

「この間来たときは元気だったよ。でも――本当に？」

「ともかく上って」

と、芳子は言った。「まさか、お前と会えるなんて思わなかった」

「もう――十年？」

「そうね。十八になった？　でも、元気そうで安心したわ！」

「だけど――父さんが本当に死んだの？」

竜夫が部屋に上って来て言った。

「あの日だったんだよね」

というルミの言葉に、麻紀は聞こえなかったふりをした。

「この定食のセットがいいんじゃない？　しっかりお腹がもつよ」

と、麻紀はメニューを広げて言った。

「うん、私、カツ定食にする」

と、高倉《たかくら》ルミが言った。「ちょうど私たちの入試が始まるころ、あの駅前じゃ、凄いことが起ってたのね」

「そうだね。それで明日の映画だけど――」

「もうちょっとK大に着くのが遅かったら、出くわしてたかもね。——帰りのときも、ロープ張ってたもんね」

入試が終って帰るとき、麻紀は駅に行くのが怖かった。もちろん、死体はなくなっているだろうが、麻紀の記憶には、あの光景と銃声が焼きついていた。

入試の会場でルミと会ったので、

「一緒に帰ろうね」

と言われていたのだが、校門を出たところで、タクシーが来るのを目にすると、

「ごめん！　お母さんと待ち合わせてるの！」

と言って、空車を停め、乗り込んでしまった……。

「あ、そうか、麻紀はタクシーで。——取材の人も来てたよ、駅の所に。私は何も訊かれなかったけど」

良かった、と麻紀は思った。もしマイクでも向けられたら、どう言っていいか分らなかったろう。

「——麻紀、発表、見に行くでしょ？　どうする？」

K大の合格発表。今どきはウェブで見るのが一般的だが、そこは伝統を重んじる（？）大学で、昔ながらの〈合格者番号〉を午前十時に貼り出すというやり方になっているのだ。

「別々に行こうよ。ルミは自信あるだろうけど、私、全然……」

「そんなこと言って！　私だけ落ちてたら、どうしてくれる？」

ルミが大げさに身をのり出して訊くので、麻紀もつい笑ってしまった。

「分った！　じゃ一緒に見よう。どっちかが落ちてても、恨みっこなしね」

と、麻紀は言った。

定食のセットが来て、二人はしばらく食べることに専念した。

高倉ルミは、麻紀と中学から一緒で、お互い気のおけない仲である。入試当日、ルミはずいぶん早くK大に着いていて、駅での騒ぎは全く知らなかった。

「――合格発表のとき、大学のサークルや同好会の誘いがあるみたいだよ」

と、ルミが食べ終えてお茶を飲みながら言った。

「麻紀、どうする?」

「やめてよ。落ちてたら意味ないじゃない」

「でもさ、その場でフラフラって入っちゃうのもよくないでしょ。やっぱり予《あらかじ》め少し考えといた方がいいよ」

この楽天的なところが、ルミの長所で、魅力でもある。

「私、すぐには決めたくないな」

と、麻紀は言った。「大学の講義が結構詰まってるって、先輩が言ってたよ」

「でも大学生活の楽しみっていえば、やっぱり……。男の子とだって知り合えるじゃない」

「まあね」

「麻紀は美人だから、きっともてるよね。私はちょっと頑張らないと」

「何言ってるの。ずっとボーイフレンド、絶やしたことがないくせに」

「大げさね!」

しかし、実際、明るくて人なつっこい性格のルミは男の子に人気がある。

高校は女子校だから、男の子と会う機会はそう多くなかったが、それでもクラブ活動の他校との交流などで、男の子と友達になることはあった。そんなとき、一番人気があるのはルミなのだ。

「――あれ、ケータイ鳴ってるよ、麻紀」

「あ、本当だ。でも――ここじゃね」

麻紀は席を立って、一旦ファミレスの外へ出た。

「――はい。もしもし？」

「工藤さん？　井上《いのうえ》よ」

「あ、先生」

麻紀の通っている〈N女子高〉での担任教師、井上尚子《なおこ》先生だった。

「突然ごめんなさい。今、話せるかしら？」

真面目を絵に描いたような女性教師だが、今はさらに声が緊張しているようだ。

「ちょっと外出先で。でも――大丈夫です。急ぎの用ですか？」

「実はさっきね、警察から問い合わせがあったの」

麻紀は、いつかそんな話が来るのではないかと思っていたので、それほど驚かなかった。

「それって、あの……」

「知ってるでしょ？　K大の入試の日の朝、あの駅の入口で男の人が殺されたこと」

「TVのニュースで見ました」

「それで、事件のとき、現場に高校生らしい女の子がいたって。――近くの売店の人がそう言ってるそうなの。で、警察の人が、あの日K大入試があったっていうんで、受験に来た女の子だったんじゃないかって。もちろん、K大を受けた子のいる高校全部に訊いてるらしいの。工藤さん、入試のときに、あの事件のことを話してる人とか、気が付かなかった？」

「そんなこと……。みんな試験のことで頭が一杯で、余計な話はしませんよ」

「そうよね。まあ、気にしないで。せっかく、入試が終ってホッとしてるのに、こんな話でごめんなさいね」

「いえ……。あの、私、今、高倉ルミと一緒なんです」

「あ、そうなの？　じゃ、高倉さんも、もちろん何も知らないわね」

「はい、そう言ってます」

「ありがとう。警察から訊かれると、一応返事しないとね。それじゃ。——合格発表、楽しみにしてるわよ」

「先生、プレッシャーかけないで下さい」

井上先生は、ちょっと笑って電話を切った。

そう。大勢の高校生がK大を受けているのだ。その中の一人を捜すなんて、とても無理だろう……。

もう、これで何も言って来ないだろうと思った。

「——何だったの?」

店の中に戻ると、ルミが訊いた。

「井上先生から」

「先生から?　何の電話?」

麻紀はルミに井上先生の話を伝えた。

「——女子高生がいたの?　でも、みんな似たような格好してただろうしね」

「うん、そうだよね」

と、麻紀は言ってお茶を飲むと、「ね、明日、何の映画観る?」

と、話題を変えた。


「ひどい話だなあ。父さんを撃ち殺すなんて!」

と、竹内竜夫は首を振った。

「お父様を恨んでいた人とか、お父様が誰かともめ事を起していたということはありませんでしたか?」

と、西原ことみ刑事が訊いた。

「さあ……。少なくとも、俺は聞いてなかったけど」

と、竜夫は考え込みながら言って、「でも、そうしょっちゅう父さんと会ってたわけじゃないから」

と、付け加えた。

竹内貞夫のアパートで、ことみと佐伯芳子は、引出しの中の手紙類や本棚の本一冊ずつを調べながら、竜夫の話を聞いていた。

「――特に問題のありそうなものは見当りませんね」

と、ことみが息をついて、「佐伯さんはどうですか？」

「私も……。もう十年ですからね、別れて」

と、芳子は言ったが、「――竜夫、どうしてお父さんと一緒でなかったの？」

「え？　ああ……。俺は今、アパート暮しさ、一つ隣の駅の近くで」

「でも……」

「女房いるんだ」

「え？」

「子供もいる」

芳子はしばらく言葉が出なかった。

「今、十八でしょ？　ずいぶん若くて――」

と、ことみが言いかけると、

「まあね。でも――結構うまくやってんですよ」

「驚いた！」

と、芳子は息をついて、「奥さんは……」

「育代《いくよ》っていうんだ。ちょっと年上で」

「いくつなの？」

「うん……。二十八」

「十歳年上？」

「子供は和志《かずし》っていって、今五つ。――もちろん、俺の子じゃないよ！　育代の連れ子だよ」

「まあ……私が口を出すことじゃないから。ともかく、会えて良かったわ」

と、芳子は言った。「ね、お父さんに女の人はいたの？」

「え……。知らないな。どうして？」

「いやに部屋が片付いてるから」

「そう？　――そういえばそうだね。いつもはもっと散らかってる」

「そうですか？」

と、ことみが言った。「では、私たちが捜査に入る前に、誰かがここに来たのかもしれませんね」

「でも、荒らして行くんじゃなくて、片付けて行くって変じゃないですか？」

「そうとも限りません。何か探しているものがあったから、ていねいに調べて、片付けて行ったのかもしれませんよ」

「何を探したんでしょう？」

「それは分りませんけど、竹内さんには殺される理由があった。それは確かです」

と、ことみは言って、「佐伯さん、これからどうなさるんですか？　息子さんの所へ？」

「いえ……。私はもう……」

「でも、来てよ。せっかく会えたんだし」

「そうね。でも、ともかく明日は帰らないと、クビだわ」


芳子は部屋の中を見回して、「どうしちゃったのかしらね、あの人……」

そして、ふと思い付いたように、

「竜夫、お前、何か用があってここへ来たんじゃないの？」

「あ……。うん、まあ……」

口ごもる様子は、父親とよく似てる、と芳子は思った。

「お金でしょ。お父さんからお金借りようとしたのね」

「どうして分るの？」

と、竜夫は苦笑《にがわら》いして、「ときどき借りてたんだ。俺もなかなかいい仕事がなくてさ」

芳子はため息をつくと、

「お前のアパートに行きましょ。心配になって来たわ、ちゃんと暮してるのか」

と言った。

4　発表

駅に着いたとき、十時十五分になっていた。電車の中では、ゆうべのＴＶ番組の話で盛り上っていた麻紀とルミだったが、ホームに降り立つと、さすがに無口になっていた。

Ｋ大学の合格発表の日である。約束通り、工藤麻紀と高倉ルミは待ち合わせて一緒に来た。

「十時前に着いてた方が良かったかな」

と、ルミが言った。

午前十時に合格者の番号が貼り出される。その前から行っている者が大勢いるので、二人は少しずらすことにしたのだ。

「同じだよ」

と、麻紀が言った。「結果が変るわけじゃない」

もちろん、ルミも麻紀も緊張していることは同じだ。しかし、麻紀はそれだけではない。

あの場所を通って駅から出なければならない。

そのことが、重くのしかかっていた。

あのときのおばさんに顔を見られたら、と思うと、つい顔を伏せてしまう。もちろん、向うは麻紀の顔など憶《おぼ》えていないだろう。

それでも不安だった。

「あのときの子だわ！」

という声が聞こえてくるようだった。

しかし――何ごともなく通り過ぎた。

あの階段の下も、もちろん流れた血はきれいに洗われて、何の痕《あと》も残っていなかった。ルミはあの事件のことなど思い出しもしないようだ。

Ｋ大への道を歩いて行くと、もう発表を見て来た受験生たちとすれ違う。

弾むような足取りでやって来る子も、うつむき加減で歩いてくる子もいる。あと何分かで、麻紀たちもそのどちらかに——。

「あ、今来たの？」

向うからやって来たのは、同じN女子高の女の子だった。クラスは別だったが、麻紀と同じクラブにいたことがあった。

「見て来た？　どう？」

と、ルミが訊いたのは、答えを聞くまでもなく分っていたからだ。

「うん、受かってた」

と、その子は言って、「麻紀もルミも受かってたよ」

「え……」

「また一緒だね！」

と言って、駅の方へ——。

同じ高校で、親しいから当然受験番号を憶えているのだ。でも……。


「——何だかね」

と、ルミが言った。

「うん」

安心して見られるけど、そこまでのハラハラドキドキが……。

「ともかく、この目で見ないと」

「そうだ」

二人は、足取りを速めた。

——間違いなく、二人とも番号がそこにあった。

「一応知らせるか」

ルミが少し人だかりから離れて、ケータイを取り出す。麻紀も、帰るまで母を待たせてはおけない。

大学の中は広くて、少し離れると静かだった。

「——もしもし、お母さん？　受かったよ」

「良かった！　おめでとう！　お父さんに連絡しとくわね」

「よろしく」

いつもは使わない言葉を、こんなときは言ってしまう。

「うんうん、分ってる。麻紀と一緒にお茶して帰るから。――はい、それじゃ」

ルミは通話を切って、「大騒ぎしてる。こんなこと、人生に何度もないから仕方ないか」

「そうだね。じゃ……すぐ出る？」

「中をちょっと歩こうか」

「迷子になるよ」

麻紀は方向感覚が弱い。それでも、大学のいくつかの棟を見て回った。

「やっぱり広いね」

当り前のことを言って、それでも今までの学校生活とは違った空気を感じた。

それはある意味で大人になることだった。

もう私は女子高生じゃない。大学生なんだ！

麻紀は少し胸を張り、背筋を伸ばして歩いていた。

合格発表の掲示の前には、まだ大勢が集まっていた。

飛び上って喜んでいる子もいれば、ちょっと肩をすくめて、それでも諦め切れないように、掲示を何度も見直している子も……。

頑張って、努力した。それが報われたという思いは、麻紀を少し遅れて幸せにしていた。

「じゃ、行こうか」

と、麻紀は言って、「あ、ごめん、ちょっとトイレに寄ってくね」

発表を見にくる人たちのためか、トイレの場所の矢印が貼ってあった。

「K大学の初トイレだ」

と、ルミが笑った。「じゃ、ここにいる」

「うん、ごめん！」

麻紀が小走りに、建物の中へ入って行く。

ルミは知った顔がないかと左右を見回していたが——。

「合格だね?」

と、声がした。

上等な上着にニットのネクタイをした男性が、何冊か本を小脇に抱えて立っていた。

ここの先生だろう。

ルミはちょっと照れて、

「はい、受かりました」

と言った。

「おめでとう。学部は?」

「文学部です」

「じゃ、もしかしたら会えるかもしれないね」

と、その男性は言った。「どこの高校?」

「N女子です」

「ああ。毎年何人かは来ているね」

と、微笑んで、「まあ、しっかりやってね」

「はい」

足早に立ち去る男性の後ろ姿を見送って、

「なかなかすてきだ」

と、ルミは呟いた。

ちょっとクールな印象で、そして銀ぶちのメガネが、よく似合ってた……。

「——お待たせ」

麻紀が戻って来た。

「それじゃ——何か食べる? でも夕食は合格祝いで、たぶん外食だ」

「じゃあ、飲み物だけにしとこうか。ともかく駅まで行って」

「そうだね」

二人は歩き出した。風の冷たさがあまり気にならなかったのは、やはり興奮で体が熱くなっていたせいだろうか……。

「困るのよ、そう勝手に休まれちゃ」

ただでさえ渋い顔つきの女将は一段としかめっつらになって、「ちゃんと交替で回してんだからね。出の日は、間違いなく出てくれないと」

「すみません」

と、芳子は何度も頭を下げていた。

「そりゃ、元の旦那が死んだっていうんだから、色々あるだろうけど、もう別れて何年もたつんだろ?」

「はあ……」

芳子としては、「息子にも会ったんです」とも言いたかったが、あんまり言いわけしても仕方ない。今は、ともかく謝っておくことだ。

それに……。問題はまだあった。

「女将さん、〈梅の間〉のお客さんがお呼びです」

と呼ばれて、

「はいはい。じゃ、しっかり働いてよ!」

と、女将は行ってしまった。

「ご苦労さま」

と、近くで聞いていたアケミが芳子の肩を叩いた。

「仕方ないわ。二日で帰るはずが……」

「でも息子さんに会えたんでしょ? 良かったじゃない」

「まあね……」

喜んでばかりはいられないのだ。

——竜夫のアパートへ行った芳子は、妻の育代に会った。二十八歳はやはり大人で、竜夫とはどう見ても姉弟。

しかも、しっかり者であるようだ。その日暮しの竜夫の代りに、夜はバーでホステスをして生活を支えているということだった。

五歳の和志は「ませたガキ」ではあるが、それなりに可愛く、竜夫になついていた。もちろん、芳子の孫というのは妙なものだが――。

育代が早めに夕食の用意をしていて、芳子も一緒に食べたのだが、そこで、

「父さんの葬式、どうしよう」

と、竜夫が言い出したのだ。

育代は、もちろん竹内貞夫が殺されたと知ってびっくりしていたが、

「ずいぶんお世話になったし、ちゃんとお葬式は出してあげなくちゃ」

と言った。

「そうだなあ……」

竜夫はそう言うばかり。――つまり、とてもそんな金はないということだ。

他に誰か、貞夫の親族はいないのだろうか？芳子は全く知らないが、竜夫も同様らしい。

冗談じゃない！　別れて十年もたつ男の葬式の費用を、どうして私が出さなきゃいけないの？

口には出さないが、竜夫が、「何とかして！」と思っているのは顔を見れば分る。

「じゃ、私はお店に」

と、育代が出勤して行くと、

「どうしよう……」

と、竜夫はため息をついた。

こっちがため息つきたいわよ、と芳子は思ったが……。

「何とかするわよ」

と、つい言ってしまった。「一番簡単なやり方でね。でも――お墓ってどこだっけ？」

すっかり忘れてしまっている芳子だった……。

「――じゃ、元のご主人のお葬式に？」

と、アケミが言った。

「そうなのよ。また休まなきゃいけない。でも、とてもそんなこと切り出す雰囲気じゃないしね」

「そうねえ……」

「ともかく、宴会の仕度ね！」

芳子は着物の裾を翻《ひるがえ》して駆け出していた。

そして……。

アパートに帰ったのは、やはり十二時近くだった。

ケータイの電源を入れると、あの刑事、西原ことみから電話が入っていた。

遅くなっても、相手は刑事だ。

「――あ、佐伯芳子です。遅くなって、すみません」

「ご連絡したいことがありまして」

と、ことみは言った。「竹内さんの預金通帳を持って来ていたんですが」

「はあ」

どうせ大した金は入っていないだろう。

「通帳の残高は二十八万円と少しだったんですが」

まあ、そんなものだろう。しかし――。

「銀行へ問い合わせたところ、竹内さんは、亡くなる三日前に、銀行へ現金で五百万円、預けてるんです」

「五百――」

芳子は唖《あ》然《ぜん》とした。「そんなお金、どこから……」

「それなんです。五百万円は、ちゃんと百万円の帯のかかった束五つだったそうで」

「まあ……」

「何かお心当りはありませんか？」

「私には……。だって……」

「十年もお会いになってなかったんですものね」

と、ことみは代りに言ってくれた。「竹内さんが殺されたことと、何か関係があると思われます」

「そうですね……」

「こんなことを言って、お気を悪くされては申し訳ないんですけど、竹内さんが誰かをゆすっていたということも……。もちろん想像ですけど」

芳子にも、ことみの考えがごく当然のものだと分った。そうでもなければ、今どき現金で五百万円も払うような仕事はないだろう。

「その、ゆすった相手に殺された、と？　でも理屈は合いますね」

と、芳子は言った。「あの人は——確かに少々だらしないところのある人でした。でも、私の知る限りでは、脅迫なんてするような人では……。もちろん、人間、十年たてば変るものでしょうけど」

「いえ、おっしゃることはよく分ります。何か違法なことに手を染めていたら、もう少しいい暮しをしておられたんじゃないでしょうか」

ことみの言葉の優しさに、芳子は思わず涙ぐんでしまった。

「ともかく、竹内さんのケータイの着信記録などで、知人の方たちに当ってみます。誰かから預かったお金ということも考えられます」

「よろしくお願いします」

と、つい芳子は頭を下げていた。

「竹内さんのお葬式についてはどうなりました？」

「あ、あの……」

ここへ帰ってくる前、ケータイでことみにあれこれこぼしてしまったのだ。

「結局私が何とか……。そのお金が使えれば助かりますけど」

「お金の出所をもっと当ってみます。またこちらにおいでになりますね？」

「はあ……。私が行かないと、息子だけではどうにも……」

「ご連絡下さい。お待ちしています」

「はい、そのときはよろしく……」

と、芳子は言った。「遅くにすみません」

「いいえ、刑事は二十四時間勤務ですから」

「大変ですね」

切ろうとしたとき、電話の向うで、子供の泣く声がした。芳子は面食らって、

「今のはお子さんの……」

「ええ、娘です」

「私、てっきり西原さん、お独りだとばかり――」

「独りです。シングルマザーなので」

ことみはあっさりと言って、「それでは」

通話が終ったものの、びっくりすることばかりで、芳子はすっかり目が冴えてしまった……。

5 消えた絆

「竹内さんね。ええ、びっくりしましたよ。TVのニュースで知って」

と、バー〈ミツコ〉のマダム、林田充子《はやしだみつこ》は言った。

開店前、小さなカウンターだけのバーである。

「よくこの店に?」

と、ことみは訊いた。

「よく、ってほどじゃ……。まあ、今は不景気ですからね」

と、充子は言った。

「来るときは一人でした? それとも連れが?」

「たいていは一人ね。経費で落とせるようなお友達はいなかったみたい」

「そうですか」

店の奥から、まだ二十代かと思える女の子が出て来て、

「ママ、買物に行ってきます。何かいる物は？」

「そうね……。おつまみになりそうなもの、安かったら何か買って来て」

「はい、じゃ、行って来ます」

と、元気に出て行く。

「ああ、アンちゃん」

と、充子が呼び止めて、「スーパーのポイント、たまってるのを忘れずに使ってね」

「ええ、ママ」

——充子は、グラスを拭きながら、

「あの子、遠縁の子なんです。こんなバーでも、やっぱり若い子がいるとお客が寄ってくるんですよ」

と笑って言った。「そりゃ、五十のおばさんよりは二十代の子の方が、見てて楽しいでしょ」


「お邪魔しました」

と、ことみは手帳をバッグにしまって、バー〈ミツコ〉を出た。

「ご苦労さま」

という充子の言葉が、閉まりかけたドアから聞こえて来た。

ことみが商店街の方へ歩いて行くと、

「刑事さん」

振り向くと、〈アン〉が立っている。

「私に話があるの？」

と、ことみは訊いた。

「ちょっとね。——歩きながらで？」

「もちろん」

スーパーに向って歩きながら、〈アン〉は、

「おばさんは竹内さんのこと、恨んでたんですよ」

と言った。「私、氷川杏《ひかわあん》。これ、お店の名刺です」

名刺には店名の〈ミツコ〉と〈アン〉としかないが、そこに手書きで〈氷川杏〉と記入してあった。ケータイ番号も。

「おばさん？」

「店じゃ〈ママ〉って呼ばないと機嫌が悪いの。大したお給料はもらってないけど、一応雇い主だから」

「竹内さんを恨んでたっていうのは？」

「おばさん、竹内さんに惚れてたけど、相手にされなかったのよ。私とはよく話したけどね」

ことみは肯《うなず》いた。

「刑事なんて嫌われるのが普通なのに、妙にていねいな対応してくれたから、ちょっと変だなと思ったわ」

「さすがね。竹内さんはいい人だった。殺されたなんて……」

と、杏は首を振って、「殺される一週間くらい前に、お店に来たわ、竹内さん」

「一人で？」

「いいえ、二人だった。そのときは、連れの人がおごってた」

「知ってる人？」

「初めてだと思うわ。でも、おばさんに名刺を渡してた。お金はありそうで、おばさん、店で一番高いウイスキーを出してた。偽物だけど」

「会社へ請求ってことね」

「そんな立場の人はめったに来ないから、きっと相当ふっかけたと思うわ」

あの〈ママ〉ならそうだろう。ことみは、

「どんな人だった？」

「五十五、六かな。太ってて、禿《は》げて……。どこにでもいそうな男の人。でも、どこか地方の人でしょ。言葉が訛《なま》ってた」

「二人の話は聞いた？」

「いいえ。カウンターの一番奥で、声をひそめてしゃべってたから、内容は分らなかった。でも、何だか険悪な雰囲気だった」

「お友達ってわけじゃなかったのね」

「ええ。その人の名前、憶えてるわ。〈すずかけ〉さんっていうの」

「〈すずかけ〉?」

「ね、変った名でしょ? 昔あったわよね、〈鈴《すず》懸《かけ》の径《みち》〉とかって歌が」

「——ありがとう、調べてみるわ」

スーパーの前に来ていた。ことみは自分の名刺を渡して、

「もし、その人の名刺が——」

「おばさん、どこかにしまったと思うわ。もし見付けたら知らせる」

「ありがとう! 助かるわ」

ことみは、杏と軽く握手をした。


「そうだ。二人の話の中身は分らないけど、何度か〈先生〉って言ってたわ」

「どっちが?」

「二人とも。何の〈先生〉か知らないけど」

「ありがとう! じゃ、買物忘れないで」

杏がスーパーに入って行くのを見送ってから、ことみは駅への道を辿った。

「〈先生〉ね」

もちろん、世の中に〈先生〉はいくらもいる。学校の先生だけではない。医者、弁護士、作曲家……。国会議員も、作家も〈先生〉だ。

殺される一週間前。——五百万の現金を竹内が銀行へ預けたのがその三、四日後とすると……。

その〈先生〉が鍵かもしれない。

「〈すずかけ〉を当ってみましょ」

ことみは足取りを速めた。

「今年、わがN女子高校からK大へは八名が合格しました。これは三年前と並ぶ一番の記録です。おめでとう」

と、よく通る声で言ったのは、麻紀たちのクラスの担任である、井上尚子先生。

拍手が起った。――ここは校長室。

K大に合格した八人が一列に並んで、各クラスの担任教師を始め、校長、教頭先生たちの拍手を受けているのである。

これはこの高校の恒例行事（というほどのものではないが）。一種の報告会と、父母会へのPRとでもいうものだった。

教師たちのそばに父母会役員も何人か並んでいる。高倉ルミの母親も入っていた。

ルミの母親は父母会の副会長だ。

「では、これで卒業式までは会わないでしょうけど、卒業式に来るのを忘れないでね」

と、井上先生が言って、みんなが笑った。

「すばらしいわ！　皆さんがK大生として、充実した大学生活を送られるよう、祈ってますよ」

と、毎年の決り文句をくり返しているのは、N女子の校長、叶久里子《かのうくりこ》。

ちょっと派手な赤いスーツを着た、貫禄充分の女性である。

かくてイベントは終り、麻紀たち八人は校長室を出た。

日や時間を変えて、他の大学合格者も、こういう〈祝辞〉を受けることになっている。

麻紀とルミは何となく自分たちのクラスを覗いてみた。――もちろん、今は誰もいないが。

「何だか、知らない場所みたい」

と、ルミが言った。「ついこの間まで通ってたのにね」

「そうだね」

と、麻紀は言った。「ルミ、お母さんと待ち合わせ？」

「別に。お母さん、どこか出かけるって」

「じゃ、何か食べて帰る？」

「いいね！」

麻紀も、合格祝い（？）なのか、余分にこづかいをもらっている。

「――おい、二人で何してる？」

と、呼びかけて来たのは体育の男性教師。

「あ、先生。今日、報告会で」

「そうか。二人ともK大だな。文学部か？」

「そうです」

「遊んでばっかりいるなよ」

とからかって、行ってしまう。

女子校である。体育の授業など、真面目にやったことがない。

「――文学部はヒマってイメージなのね」

と、ルミが言った。

「大変だよ、結構。カリキュラム見たら」

「うん、そうだね。いい先生に出会えるといいけど」

と、ルミは言って、「合格発表のときに会った人みたいな」

「何、それ？」

「あ、麻紀はトイレに行ってて、いなかったんだ。文学部の先生らしい人に声かけられて、ちょっとインテリで、すてきだったよ」

「へえ……」

「たぶん大学に行けば会えるんじゃない？」

「何人もいるでしょ、文学部の先生なんて。――専攻を何にするか、決めた？」

「第二外国語を選ぶことになるものね。麻紀は？」

「まだ考えてる」

「麻紀は語学得意じゃない」

「ちっとも！　――さ、今日はクレープでも食べよ」

「賛成！」

こういう点では、すぐに意見が一致するのである。

――もう忘れた。

あの、恐ろしい体験も、時と共に過去の中に埋れて行く。

いつになくＴＶのニュースを熱心に見ている麻紀のことを、母親は、

「やっぱり大学生なのね」

と、感心して眺めていた。

新聞も、社会面をていねいに読んだ。しかし、あの事件に関する記事は、ほとんど出ていなかった。

有名人が殺されたわけではなく、ワイドショーで取り上げられることはなかった。

麻紀は、ホッとすると同時に、後ろめたい思いもしていた。何といっても、あのとき、犯人の顔を真正面から見ているのだ。

当然、警察に行って、目撃した女子高生が自分だと告げなくてはならない。もちろんそうだ。でも……。

一日、一日と日がたつにつれ、麻紀のためらいは大きくなった。

「どうしてすぐに言って来なかったんだ！」

と怒鳴る刑事の声が聞こえてくるような気がした。

「大学の入試に間に合わなくなるところだったんです！」

と言い訳しても、二日、三日の内なら「なるほど」と思ってくれたかもしれない。しかし、一週間、二週間とたてば、納得してもらえないだろう

……。

もう、今となっては……。見なかったことにすればいい。学校へ問い合わせがあったと聞いたときはヒヤリとしたが、その後は何も言って来ないようだ。

そうよ。――警察が、ちゃんと捜査してるんだ。きっと犯人を捕まえてくれる。

私はたまたまあそこにいただけで、何の関係もない。

「――このクレープ、おいしいね」

と、麻紀が言うのと同時に、ケータイを眺めていたルミが、

「これ、あの事件じゃない」

と言った。

「――え?」

と、麻紀は食べる手を止めて、「何か言った?」

「ほら、入試の日に銃で撃たれて死んだじゃない、男の人が」

「ああ……。それがどうかしたの?」

「容疑者が捕まったって。ほら」

ルミが画面を見せてくれる。――〈拳銃所持の組員逮捕〉というタイトルが目に入った。

「やっぱり暴力団とか、そんな関係だったんだね」

と、ルミが言った。「殺された人も、きっとそういう人だったんだよ」

麻紀はルミの言葉が耳に入らなかった。

そこには〈容疑者〉として写真が出ていた。名前は〈児玉節男《こだませつお》、二十八歳〉。

しかし、それはあの男とは似ても似つかぬ、ふてくされた表情の若者だった。

〈所持していた銃が犯行に使われたものかどうか調べています〉

そんなわけはない。この男も、たまたま銃を持

っていたのだろうが、あのとき使われたものであるはずがない。

「これでちょっと安心だね」

と、ルミが言ったので、麻紀は戸惑った。

「安心って?」

「だって、あの駅でこれから毎日乗り降りするわけじゃない。もちろん、関係ないとは思っても、あそこで人を殺した人間が、その辺にいるかもしれない、とかさ……。でも、犯人が捕まったのなら、そんな心配しなくていいから」

「ルミ、そんなこと心配してたの?」

「そうよ! 麻紀は呑気《のんき》ね。私はね、とても繊細な人間なのよ」

「そうだったんだ」

「知らなかった? 何年付合って来たと思ってる?」

と言って、ルミは笑った。


麻紀も一緒に笑った。そう、笑ってすませればいい。

そして忘れてしまえば。——でも、犯人でない男が逮捕された。これからどうなるんだろう?

きっと、銃を調べたり、アリバイを調べたりすれば、犯人が別の男だと分る。そうなれば、あの児玉節男という男は釈放されるだろう。

いや、銃を持っていただけでも罪にはなる。でも人を殺したかどうかは大きな違いだ。

いずれにしても、もう事件は麻紀などと係りのない所まで行ってしまった。——この先、何があっても私とは関係ない。

麻紀はそう自分へ言い聞かせると、

「大学の入学式は何を着てく?」

と、ルミに言った。


ケータイが鳴ったとき、西原ことみは地下鉄の座席でウトウトしていた。

「あ――。降りる駅だ！」

危うく乗り過すところだ。あわててホームへ出てから、ケータイを取り出した。

「西原です。杏さん？」

「ええ、ちょっとお話が……」

あのバー〈ミツコ〉の〈アン〉からだ。

「何ですか？　少し待って下さい。今、地下鉄のホームなので、外へ出ます」

エスカレーターをカタカタと上って、地上へ出た。

「――杏さん、お話って――」

「犯人が捕まったって、ニュースで見ました。本当なんですか？」

「私は反対したんですけどね」

と、ことみは言った。「今、取り調べ中です」

「ただ、竹内さんまで暴力団関係者みたいな言われようなので、腹が立って。あの人、そんな人じゃありません」

少し間を置いて、

「杏さん、竹内さんとお付合があったのね」

と言った。

少しためらってから、

「ええ……。ちょっとだけでしたけど」

と、杏が言った。

「まだお店に出るには早いでしょ？　これから会って話しません？」

「ええ、分りました。ただ、竹内さんと会ってたってこと――」

「充子さんには黙ってます」

と、ことみは言った。「今、どこですか？」

「たいてい、ここで待ち合わせていたの」

と、氷川杏は言った。「竹内さんは、ちょっと居心地悪そうでしたけど」

そのティールームで、周囲を見回して、西原ことみは肯くと、

「そうね、若い人ばっかりで」

若者たちに人気のファッションビル。ティールームはその中にあって、当然のことながら客の九割方は十代か二十代だった。

「若い人が多い、ってだけじゃなくて」

と、杏は言った。「ここで中年の男が女性と待ち合わせるということは、このビルの裏手を入ったホテル街に用があるって誰にでも分るから」

「ああ、なるほどね」

と、ことみはちょっと笑って、「私も何度か足を運んだわ。たいていは捜査上の必要だったけど」

「そうじゃないときも?」

「もちろん」

ことみはアッサリ肯いて、「竹内さんが殺された理由について、何か思い当ることが?」

と訊いた。

「関係があるかどうか分らないけど……」

と言いかけて、杏は、「一つ訊いていい?」

「何かしら?」

「どうして〈ミツコ〉を調べに来たの?」

「竹内さんのケータイに、お店の電話番号が登録されてた。でも、普通バーの電話なんか登録しないでしょ? 何かよほどの用がない限り」

「知らなかった。でも私のケータイは……」

「登録されてなかったわ。それもふしぎね。個人的にお付合があったのに」

「いちいち履歴を消去してたのかしら」

「だとすると、考えられるでしょ。あなたを何かに巻き込みたくないと思ってたのかもしれないって」

「そうね……」

杏は半分ほど残った紅茶をスプーンでかき回しながら、「あの人とホテルに行ったのは四、五回かな。あんまり高くない店で夕ご飯を食べて。ご飯が先のことも、ホテルが先のこともあったわ」

ことみは黙って、せかすでもなく聞いていた。

杏は言いにくそうに首を振って、

「あんなことじゃないと思う」

と言った。「暴力団の抗争？　あの人はそんなことには係りがなかった。そうじゃなくて、たぶん……」

しばらく沈黙が続いて、

「――たぶん、あの人は何か重要な秘密を知ってしまったのよ。その秘密が事実だって証拠をつかんだか……」

「誰か、〈先生〉の秘密を？」

「ええ、たぶん。――でも、誰のことかは分らない」

ことみは、杏の話し方にどこか揺らぎが出て来たと感じた。自分の話していることに、怯《おび》えているようだ。

「何か、そう匂わせるようなことを、竹内さんから聞いたの？」

ことみの問いに、杏はギクリとした様子で、しかし、

「具体的なことは何も……。ええ、何となくそんな気がしただけで……」

と、曖昧に言った。

「杏さん」

ことみは座り直すと、真直ぐに杏の目を見て、

「知っていることがあったら、全部話して。中途半端にしてしまうと、却って危険よ」

「それは……。でも、あの人は私に……」

「あなたに何と言ったの？」

杏は紅茶を飲み干すと、むせた。

「――落ちついて。ね？　あなたが何を言っても、

私は秘密にしておく。あなたが『話していい』と言うまでは、誰にも話さないわ。約束する。信じてくれるわね」

杏は深々と息をつくと、

「——ごめんなさい。私、臆病なの」

と言った。「あの人は、ちゃんと用心してたと思う。そのはずよ。でも、殺されてしまって、犯人は捕まらない。もしかしたら私も……」

「あなたのことは、必ず守ってあげる。だから安心して」

「そうね。ええ……」

と、杏は肯いたが、「——もうお店に行かなくちゃ」

と、不意に立ち上った。

「杏さん——」

「今夜、お店が終ってから。ね？」

「——分ったわ」

「あ、それと……。〈すずかけ〉さんの名刺、ママの引出しにはなかったわ。もらった名刺は、必ずあそこに入ってるのに」

「入金の記録とか……」

「またね！　今夜——」

杏は、小走りにティールームを出て行ってしまった。

ことみは、

「失敗した」

と呟いた。

つい、言ってしまった。「あなたのことは必ず守る」と。そんな約束ができるわけはないのに。

その言葉は、却って杏を怖がらせただろう。

「今夜ね……」

娘の有美《ゆみ》をどうするか。ことみはケータイを取り出した。

どこかで預かってもらえるだろうか……。

――しかし、それは結局、むだな努力になった。

杏はその日、〈ミツコ〉の留守電に、

「辞めます」

とだけ吹き込んで、連絡が取れなくなってしまったのだ。

ことみは、林田充子から聞いて、杏のアパートへ行ってみたが、「身の回りの物だけトランクに詰めて」出て行ってしまったということだった。

――杏が何に怯えていたのか。

ことみは心配していたが、刑事としては容疑者の児玉節男の犯行の裏付けを取るように指示されて、従わざるを得なかった。

ただ、児玉は取り調べにはふてくされているばかりで、都合のいい自白を取ることは難しかった……。

竹内の死の謎を探る道は行き詰まって行った……。

6　卒業式

「絶対だよね！」

「うん、絶対！」

「大体、感激するほどの高校生活じゃなかった」

「本当！　私なんか、何度呼び出されたか」

「泣く代りに呪ってやる！」

「そうだ！」

講堂は、生徒たちの話し声で溢れていた。

「――はい、静かに」

と、マイクが「キーン」と音をたて、司会の先生の声が響いた。

だが、その先生の声が埋れて聞こえないのだ。

若い女性教師は、初めての司会で、あがってしまっていた。

「あの……静かにして下さい」

という声が引っくり返っている。

見かねて、マイクの前に立ったのは、井上尚子先生で、

「こら！　黙れ！」

さすがの迫力で、話し声は徐々におさまった。

まあ、たいてい卒業式なんて、こんなものだ。

校長の挨拶《あいさつ》、父母会長の祝辞、卒業生代表……。

工藤麻紀も高倉ルミも、卒業生代表になるほどの優等生ではなかった。

しかし、今年は幸いどの挨拶も短めだった。いつも話の長い校長が、花粉症で、やたらハナが出るので、早々に切り上げたのが良かった……。

そしていよいよ、卒業生一人一人の名前が呼ばれて、壇上に上り、卒業証書を受け取ることになる。

席を立って、壇の傍《そば》で待機する。——麻紀は立ち上って進みながら、二階の父母席へチラッと目をやった。

あ、今日は二人揃って来てる。——父、工藤拓也は、たいてい「忙しい」と言って、こういう場にやって来ないのだが。

母、咲代が麻紀を見て、小さく手を振った。

でも、まだまだ。これから大学の四年間が待っているのだ。きっとお父さんは頭の中で、あといくら使ったら娘が社会人になってくれるだろうかと計算しているに違いない……。

「工藤麻紀」

と呼ばれて、

「はい！」

つい力がこもってしまった。そんなつもりなかったのに。

でも——まあいいか。三年間頑張った自分に、「お疲れさん」と言ってやるのだ。

証書を渡すのも、いつもは校長なのだが、しょっちゅうハナ水が出るので、今日は井上先生なのだった。

　両手で証書を受け取ると、井上先生が小さな声で、

「よくやったわね」

と言うのが耳に入って、麻紀は一瞬胸に迫った。

他の子には言っていないのに、どうして？

でも、井上先生の微笑みは、いつになくやさしかった。

　――まずい！

　席へ戻って行く麻紀は涙がこみ上げてくるのを覚えた。

　――まあ、結局こういうことになるのだ。

〈仰げば尊し〉を歌いながら、麻紀は涙が溢れ出るのを止められなかった。もちろん、ルミも、他の子たちも。

　みんなが泣いてる、と思うとそれだけでも泣けてしまう。――これは一種の条件反射かもしれない……。

「先生、先生！　写真！」

　仲良しグループの記念撮影に、担任の先生が呼ばれて、あちこちで、

「はい、チーズ」

なんて古くさい言葉が飛び交っている。

　講堂を出ると、幸い風も止《や》んで、陽射しはまぶしいほどだった。

「麻紀」

と、母、咲代がやって来る。

「やっぱ泣いちゃったよ」

「当り前よ。誰だってそうよ」

「お父さんは？」

「仕事があるって、先に帰ったわ。でも、卒業証

書を受け取るところはちゃんと見てた」

と言って、「井上先生は？　ご挨拶して行こうと……」

「確か少し遅れて——。ああ、今出て来た」

「じゃ、ちょっと……。先生、工藤麻紀の母でございます」

と、小走りに寄って行く。

そんなこと言わなくたって、井上先生はちゃんと親の顔も憶えているのだ。

「本当にお世話になりまして……」

立ち話している母と井上先生を眺めていた麻紀は、何気なく校舎の方へ目をやった。

すると——薄手のコートをはおったスーツ姿の男性と一瞬目が合った。

マスクをしていて、顔が分らないが、生徒の親にしては若そうな感じだった。

なぜか、麻紀はその男がずっと自分を見ていたという気がした。目が合うと、すぐに他へ視線をそらしたのだが。

誰だろう？　別に知り合いだとは思わなかったが……。

「——じゃ、帰りましょ」

と、咲代が戻って来た。「お友達とはいいの？」

「ルミとはどうせ入学式で会うから」

「そうね。じゃ、帰り、どこかで食事していく？　お父さんはどうせ遅いわ」

「うん、それがいい」

と言って——麻紀の目は、もう一度、あの男の方へ向いた。

すると男はクルッと背を向けて、足早に立ち去って行った。すぐに人の中に紛れてしまう。

「——どこで食べる？　麻紀の好きな所でいいわよ」

「うん、じゃあ……Sホテルかな」

ふと、麻紀は思った。

素早い動き。クルッと背を向けて立ち去って行った、今の男の「動作」に、見覚えのある気がした。

あのシャープな動き。真直ぐな体がスッと消えて行く、あの印象。

どこかで……。見たことがある。

もちろん、同じ人とは限らないけれど、その動きが誰かを連想させたのである。

誰だろう？

二人が校門を出たとき、もう男の姿はどこにもなかった。

「誰か捜してるの？」

と、母に言われて、麻紀は、

「別に。何でもない」

と、首を振った。「ね、鉄板焼でアワビを食べたい」

「いいわよ。卒業祝いですものね」

咲代がタクシーを停めた。

「Sホテルまで」

と、乗り込みながら咲代が言った。

母校がアッという間に後方へ消えて行く。

もう、ほとんど来ることもないだろう。——毎日通っていた場所が、突然遠い存在になってしまうのは、ふしぎな感じだった。

「ルミは家族でハワイだって」

と、麻紀は言った。

「そう。麻紀も行きたいの？」

「私、家でのんびりしてる方がいい」

「そうね。大学は初めが肝心よ。遊ぶのもいいけど、まずしっかり講義に出る」

「心配しなくていいよ。ちゃんと考えてる」

その実、あまり考えていなかったけど。

「分ってるわ。あなたももう大人だものね。自分のやりたいことを、ちゃんと見極めて」

と、咲代は言った。「油断してると、四年間なんてすぐよ。お母さんも、卒業近くなってから、あれもやっとけば良かった、とか、どうしてもっと真剣に取り組まなかったんだろうって悔むことがいくらもあったわ。――麻紀、聞いてる？」

「え？　――あ、うん、聞いてる」

麻紀は我に返った。血の気がひいていた。

――どうして忘れてたんだろう！

さっき見た男の動作。クルッとバレリーナのように滑らかに背を向けたのは、あのとき男性を射殺した後の、殺人者の動きを思い出させたのだ。

どうしてすぐに思い出さなかったんだろう？　でも――もちろん、それは偶然のことでしかない。

人殺しが、女子高に現われるわけもないし、麻紀がN女子高の生徒だということを知っているはずもない。

そう、たまたま似た人を見かけただけだろう。

もう忘れたつもりでいたのだが、小さなきっかけで鮮やかに記憶がよみがえるものなのだ。

この先も？　こんなことが続くのだろうか。

大丈夫。その内には、思い出すこともなくなるだろう。そう自分に言い聞かせた。

そういえば、容疑者として逮捕された男はどうなったのだろう？　新聞にもＴＶにも、「その後」のニュースはほとんど出ないのだ。

確か――〈児玉〉といったか。犯人だという証拠が出てくるはずもない。もう釈放されたかもしれない。

私が心配することじゃないんだわ。今心配することは――。

「ね、アワビと牛のサーロイン、両方食べてもいい？」

と、Ｓホテルが見えてくると、麻紀は言った。

思いがけない光景に、西原ことみは足を止めた。

「ちょっと！　そのステンドグラスはヨーロッパ製で高いのよ！　気を付けて扱って！」

甲高《かんだか》い声で指示しているのは、間違いなく林田充子だった。そして、バー〈ミツコ〉はほぼ全面的に改修中——というより新しく建て直している様子だった。

どう見ても繁盛しているとは言い難い、わびしい店だった〈ミツコ〉は、今、白亜の壁にステンドグラスをはめ込んだ入口の扉、〈ミツコ〉の名前が、おそらく夜になると輝くように浮き上る作りのディスプレイ……。

外装工事はほぼ終って、内装と仕上げにかかっているようだ。

そして、腕を組みながら、働いている職人たちを叱りつけている充子もまた、すっかり「改装」されていた。

真紅のスーツは見るからに高級ブランド。髪もオレンジ色に染めて、一見すると別人のようだ。

ことみが、しばらく足を止めて眺めていると、その内、充子が気付いて、

「あら。——女刑事さんね」

「西原ことみです。ちょっと来なかったら、こんなことになってたんですね。びっくりしました」

「ねえ、どう？　ずいぶん見栄えがよくなったと思わない？」

「ええ、とても立派です」

と、ことみは肯いて、「奥も直したんですか？」

「取り壊して建て直したのよ。その方が簡単だし、安上りってことで」

と、充子は言って、「——今日は何かご用なの？」

「ええ、ちょっと……。ここで働いてた氷川杏さ

んですが、その後連絡はありましたか」

と、ことみは訊いた。

「いいえ。ウンともスンとも。今の若い子たちは、世話になってもお礼一つ言わないんだから」

と、充子は肩をすくめた。

「そうですか」

ことみはそう言って、「どうもお邪魔しました」

と、歩き出した。

すると、

「――ねえ、ちょっと！」

と、充子が呼び止めた。

「何か？」

「竹内さんを殺した犯人は、もう捕まったんでしょ？」

「一応容疑者を取り調べています」

ことみは、「容疑者」という言葉に少し力をこめて言った。「でも自供には至っていません」

「そう。でも――ちゃんと証拠があるから逮捕したわけでしょ？　その内白状するわよ」

「そうですね」

「あのね……」

と、充子はちょっと言いにくそうに、「親戚としては恥ずかしいことなんで、内緒にしといてほしいんですけどね」

「何のことでしょう？」

「つまり――あの子のこと。杏のことね」

「杏さんが何か……」

「実はねえ、男がいたのよ、あの子」

「恋人が、ってことですか」

「そう。私も知らなかったんだけど、かなり深い仲になってたみたいでね。それで、男の方は妻子持ちだとかで、結局二人で駆け落ちしちゃったのよ」

「そうですか。杏さん、可愛いですものね。もてたでしょう」

「愛想のいい子だったからね。でも、そんなことで、私としても、きちんと見てなかったのは責任あるなと思ってるのよ」

「でも、そこまでは。——杏さんも子供じゃないんですから」

「そうね。二十五といえば、昔なら、結婚して子供がいてもおかしくないわ」

「そうですよ。充子さんが責任を感じることなんかありません」

「そう言ってもらえると……。ありがとう」

と、充子はちょっと涙を拭う仕草をした。

「今、どこにいるのか、分らないんですね」

「ええ、全く。そんなことして一緒になっても、うまく行くわけがないけどね」

「同感です」

「じゃ、どうも……。もし、杏から何か連絡があったら知らせるわ」

「よろしくお願いします」

と、ことみは言った。

そこへ、

「奥さん！　この棚、どこへ付けますか！」

と、作業していた職人から声がかかった。

「今行くわ！　それじゃ」

「どうも……」

ことみは、慣れないハイヒールに苦労している充子の後ろ姿を見送って、その場を後にした。

——何かある。

あれだけの改装には相当な費用がかかっていよう。そんな金がどこから入ったのか。

そして、ことみが帰りかけたのを呼び止めてまで聞かせた、杏の駆け落ち話。出てもいない涙を拭うふりをして見せたりして。

あれは予め用意してあった話だろう。

大体、何も言わずに姿を消したはずなのに、どうして充子がそんな事情を知っているのか？

　誰だってそれを疑問に思うだろう。しかし、林田充子はあまり頭の切れるタイプではない。

　おそらく、杏が姿を消した本当の訳を知っていて、誰かから「黙っていてくれ」と頼まれた。その礼が、あのバーの改修だとしたら、充子の知っている真相にはかなりの値がつくことになる。

　金を出してもらって、充子は大喜びしただろう。そしてついこう考える。

「お金をもらったんだから、私も何かお役に立たなきゃ」

と。

　だから、杏について訊いて来た女刑事に、自分なりに作り出した「理由」を話して聞かせた……。

　却って自分の嘘を白状しているようなものだ。

しかし、今は信じたふりをしておこう。


　ことみは考え込んだ。――杏はどうなったのか？

　すぐに結論は出ないだろう。それに、ことみはこの捜査に当って、上司の許可を取っていない。

　もうあの事件は署内では「片付いた」という雰囲気なのだ。児玉が犯人だという直接の証拠は一つもない。銃も違っていた。証人もいない。

　このまま児玉が自供しなければ、検察は起訴に持ち込むのをためらうだろう。それは警察にとって恥だ。

「でも……真実よね、大切なのは」

と、ことみは呟いた。

　杏が姿を消したこと。手掛りはそれしかない。

　ことみは、上司に相談する前に、林田充子の隠していることを探ろうと思った。なぜか直感的に、上司からは止められるという気がしたのだ。

杏……。あのとき、杏は「話し過ぎた」と思っていた。そして怯えていた。

まさか、とは思ったが……。

一応調べてみよう。――身許不明の死体に、杏とみられるものがないかどうか。

ケータイが鳴った。

有美を預けている保育園からだ。

「――西原です」

「どうも。有美ちゃんですが――」

「何かありましたか」

「ちょっと転んでけがを。大したことはないんですけど」

「すぐ伺います」

ことみは刑事から母親の顔になっていた……。

7　小包

「どうしても辞めるの？」

と、アケミに訊かれて、佐伯芳子は、

「だって、女将さんにそう言っちゃったんだもの」

と、肩をすくめた。

「女将さんもひどいよね。芳子さん、本当に頑張って働いてたのに、二、三日休んだだけで、給料から引くなんて」

「使われてる身は、こんなもんよ」

芳子はアケミと軽く握手して、「色々ありがとう。今夜の内に荷物をまとめて、明日朝早くに発《た》つわ」

「寂しくなるわ」

と、アケミはちょっと涙ぐんでいる。

「ほら、もう夕食の仕度にかからないと」

「うん。それじゃ元気で」

アケミは足早に廊下を歩いて行った。

「さて、と……」

この着物も置いて行かなくては。

――かつての夫、竹内貞夫の葬式を出すのに、三日間休んで東京へ行っていたのだが、旅館に戻って来た芳子を待っていたのは、女将の、

「あんたには辞めてもらうから」

のひと言だった。

予期していなかったわけではない。このところ、若い子が二人、仲居として入って来ていたからだ。

芳子よりも安く使える。女将がそう考えたのも当然だった。

しかし――芳子の経験から見て、新人の二人は、おそらく長続きしない。たぶん、二、三か月で、

「こんなきつい仕事だと思いませんでした」

と言って、さっさと辞めていくだろう。

その二人が、こっそり、

「どうせ長くいないんだから……」

と話しているのが、耳に入っていたのだ。

「後のことは私には関係ない……」

と呟いて、厨房《ちゅうぼう》に向った。

板前さんに挨拶をし、帰り仕度をしていると、

「ちょっと」

と、女将が声をかけて来た。

「はあ」

「この荷物、あんた宛てよ」

と、小包を芳子へ渡した。

「これ……いつ着いたんですか?」

と訊いたのは、紐《ひも》をかけた包みが、どう見ても古びて破れたりしていたからだ。

「さあね。お正月くらいだったかしら」

「え？　それじゃ――」

「忙しかったから、その内渡そうと思って、忘れてたのよ」

と、早口に言うと、「それじゃね」

と行ってしまう。

「何よ、もう……」

さすがに腹が立ったが、今さら女将相手に喧嘩しても始まらない。

包みの感じでは、服か何かだろう。重くもないし、たぶん……。

「何だろ……」

引っくり返してみて、芳子は目を見開いた。

送り主は、何と〈竹内貞夫〉となっていたのだ。

あの人がどうして……。

ともかく、今はアパートへ持って帰ろう。

――芳子はアパートの部屋に戻ると、トランクを引張り出して来た。

詰める物といっても大してない。――明日朝一番の東京行で発つつもりだった。

息子の竜夫のアパートにはとても泊れない。

雀《すずめ》の涙ほどの〈退職金〉で、差し当りは安い宿に泊って、どこかアパートを探す。同時に仕事も。

といって、何ができるだろう？　仲居の仕事は体力的にかなりきつい。四十五にもなると、腰をかがめたりするのは大変なのだ。

どこか、バーのホステスか何かの求人を見付けられるといいのだが……。

着ていた物などを詰めると、そう空きはない。

「そうだ、あの小包」

中は何だったんだろう？

ちょっとためらったが、開くしかない。

でも、どうしてあの旅館に芳子がいると知っていたのだろう。

そう。――忘れていたが、もう何年も前、ハガキが来たこともある。どこかで調べてみよう。

小包にかけた紐を切って、開いてみる。——包装紙の状態からみると、正月どころの話じゃない。

相当長い間放っておかれたのだろう。

芳子は包み紙を破って、中の物を取り出した。

「何よ、これ？」

芳子が思わずそう口に出して言ってしまったのも当然だった。

出て来たのは子供の服だった。それも、どう見ても三、四歳ぐらいの小さな女の子の服。

ブラウス、スカート、セーター……。

どれも特別高級なブランド品というわけではない。そして、新品ではなかった。

明らかに女の子が着ていたものだ。それも、少しくたびれた感じなのは、何度も洗ってあるからだろう。

「どうしてこんな……」

と、首をかしげ、包み紙をすっかり破って、中のものを全部取り出すと、芳子は口をつぐんで表情をこわばらせた。

女の子の下着が出て来たのだ。シャツとパンツ、そして冬ものの毛糸のパンツ……。

どういうことだろう？

芳子は、その下着がしわになり、何かのしみがあったりして、女の子が着ていたまま、洗ってもいないに違いないと分ると、気味が悪くなった。

包みの中には、手紙やメモのようなものは何もない。——女の子の着古した服を、下着まで送りつけてくるとは……。

別れて十年もたつ男が、何の手紙もつけずに、こんなものをどうして送って来たのだろう？

「どうしよう……」

しばし、芳子は困惑したまま座っていた。

でも——いつまでもこんなことをしてはいられ

ない。

明日は朝早く出るのだ。早々に荷作りしてしまわなければ、眠る時間がなくなってしまう。

最後の日まで、せっせと働いた。——何も、辞めるときまで、と思うが、いい加減にできない性格なのだ。

疲れている。寝過したくはない。

仕方ない。——芳子は、その小包に入っていたもの一切をトランクに詰め込むことにした。

「どうするか、後で考えよう」

と呟きながら、芳子は、包みの中身を別のビニール袋に入れて、トランクに押し込んだ。

何か秘密にしたいことがあって、十年前に別れた妻を思い出したのだろうか。

「よほどのことね」

しかし、当の「元の夫」は死んでしまったのだ。今さらこれが何だったのかも訊けない。

「まあ、いいや！　ともかく寝よう！」

ザッとシャワーだけ浴びて、布団に潜り込むと、芳子はアッという間に眠りに落ちていた……。


一人の休日ってのもいいもんだな。

工藤麻紀は、平日のデパートをのんびりと歩いていた。

K大の入学式まではまだ十日以上ある。

普通なら、親友の高倉ルミと出かけるところだが、ルミの所は「K大合格祝い」でハワイ旅行。

でも、誰かと一緒だと、つい相手に気をつかって合わせてしまう麻紀。二人連れは楽しいものの、やや疲れるのだった。

こうして一人で歩いていると、好きなブランドだけを見て回れるし、値の張らないものなら、一つ二つ買ってもいい。

各ブランドの店員も、麻紀のような子は、たいているだけで買わないと分っているので、あまり声をかけて来なくて、気楽だった。

ちょっと眺めているだけで、

「いらっしゃいませ」

と、すぐ寄って来られると、麻紀はあわてて逃げ出してしまう。

その点、ルミは平気で、「あれもこれも」と、散々持って来させておいて、

「また今度」

と、出て来てしまう。

確かに、向うはそれが仕事なのだし、慣れているだろうから、遠慮する必要もないのだが、そこは性格というもので、麻紀はつい、申し訳ないと思ってしまうのだ。

でも今日は……。

パッと目についたシャツを一枚買った。

そして、休日には空き待ちの列ができているデパート内のカフェが、今は半分も埋っていないと知って、格別喉が渇いたわけでもなかったが、入ることにした。

空いているので、四人用のテーブルに一人。麻紀がゆったりと椅子にかけると――。

「工藤さん」

と、呼ぶ声がすぐそばで聞こえた。

「え？」

隣のテーブルに目をやって、麻紀はびっくりした。高校の担任だった、井上尚子先生ではないか！

「井上先生！」

「気付かないものね。目に入ってたでしょうけど」

と、井上先生は笑顔で言った。

学校では見ることのない、寛《くつろ》いだ表情だ。

「先生、一人？」

「いいえ、ボーイフレンドがもう戻ってくるわ。ああ、来た来た」

半ズボンの、小学校四、五年かと思える男の子が、スタスタと店に入って来る。

「お手洗、分った？」

「うん。ちゃんと手も洗ったよ」

「ならいいわ」

麻紀は、やや呆気に取られて、「母親」の井上先生を眺めていた。

もちろん、井上先生が結婚していることは知っていた。確か姓も変っているが、学校では旧姓の〈井上〉で通しているとか……。

でも、こんな大きな子供がいたなんて！

「息子の一夫《かずお》よ。——一夫、ママの生徒さんよ」

キョトンとして麻紀を眺めていた男の子は、ピョコンと頭を下げた。

「どうも」

と、麻紀は笑顔になった。「〈かずお〉ちゃん？」

「〈一〉の〈夫〉。書くのが簡単でしょ」

と、先生は言った。

「そうですね」

いかにも井上先生らしい考え方だ。

「高倉さんと一緒じゃないの？」

「ええ。ルミは一家でハワイ旅行」

「そう。あのお家は優雅に暮してらっしゃるものね」

と、先生は面白がっているようだ。

「私、出かけるの、面倒くさくて。家でゴロゴロしてる方が好きなんです」

と、麻紀は言って、メニューを見ると、「オープンサンドとハーブティー」

と、オーダーした。

「K大は見に行った？　広いでしょ」

「合格発表のときに行っただけです。少し歩いたけど、とても全部は……」

「そりゃそうよ。K大にはずいぶん知ってる子が行ってるわね」

先生は、息子に自分のピザトーストを半分やって、「これからどんどん食べるようになるわね」

「男の子って、凄く食べるみたいですね。うちは一人っ子なので」

「——ああ、そういえば」

と、先生は急に思い出したように、「このお店に入ってメニュー見てたら、ケータイにかかって来たの。警察から。ドキッとしたわ。生徒がどうかしたのかと思って」

麻紀は、「警察」と聞いて、一瞬緊張した。

「何かあったんですか?」

と、さりげなく訊く。

「いえ、ほら——あなたたちの入試の朝に、男の人が撃たれたでしょ。そのことで、目撃してた女子高生がいないかって……」

「憶えてます」

「その問い合わせして来た女性からでね。『その節はご迷惑をかけました』って。とても礼儀正しい人ね。それで『逮捕した容疑者が犯行を認めました』と知らせて来たの」

と、先生は言った。「今の警察って、みんなああんなにていねいなのかしら。ちょっと驚いたわ」

——犯行を認めた? あの男が?

そんなわけがない! ——麻紀は、しかし曖昧に微笑んでいるしかなかった。

「ママ、もう行こうよ」

と、一夫が先生の腕を引張る。

もちろん、学校で生徒がそんなことをしたら大変だが、一夫にとって「ママ」はどこにでもいる、ごく普通のママなのだ。

「はいはい」

先生は伝票を手に立ち上ると、「それじゃ、工藤さん」

「どうも……」

子供の手を引いて、レジに向う先生の後ろ姿を、麻紀は見送っていた。そして、店を出ようとした先生が、もう一度麻紀の方を振り向いて、目が合うと、ニッコリ笑って見せるのを、どこか辛い気持で眺めた。

私は嘘をついてしまった。もちろん、井上尚子先生には何の関係もないことだ。しかし、今また、本当のことを口に出せなかったことが、申し訳なく思えた。

「――そうだ」

姿が見えなくなってから思い出した。

卒業証書を麻紀に渡すとき、なぜ「よくやったわね」と言ってくれたのか。麻紀は訊いてみたかったのだ。

でも、もう行ってしまった。訊くことはできない。

何だか、そのことが麻紀にとっては、「真実を話せなかった」ことと同じように残念に感じられたのだった。

8　安全地帯

本当にいいのか、これで？

もう何度も、西原ことみは自分に問いかけていた。

本当にいいのか、これで？

――いいわけがない。

答えははっきりしていた。

あの児玉節男には、竹内貞夫を殺す理由などなかった。――自白した動機は、いい加減で、理由になっていなかった。

本当の犯人は他にいる。その人間を見付けて逮捕するのが、刑事の使命だ。

そんなことは分っている。誰でもが。

しかし、今、事件の捜査本部は解散し、すでに事件は「終っている」のだ。

ことみは、何度となく、上司や先輩に問いかけた。

「これで終りなんですか、本当に？」

と……。

初めの内は、

「そうだなあ……。何か新しい証拠でも出れば」

とか、

「せめて凶器が見付かればね」

などと言っていた男たちが、その内、

「まだそんなこと言ってるのか」

と、うるさがるようになり、ことみが話しかけても全く聞こえないふりをするようになった。

そして、今では「酔ったあげくの暴力沙汰」の担当になってしまった。

調べるほどのこともない事件だった。しかし、供述を取り、報告書を出さねばならない。

もう、あの「射殺事件」は、すっかり片付いてしまったのだ……。

殺された竹内貞夫の元の妻、佐伯芳子とも、行方をくらましてしまった、バー〈ミツコ〉にいた氷川杏とも、連絡が取れていない。

仮に連絡できたとしても、何を話せばいいのか。――すべては、娘有美との生活の中に埋れて行くばかりだ……。

伸びをして、席を立つと、ことみは昼食を取りに出ようとした。そのとき、デスクの電話が鳴った。

周囲の席は空っぽで、誰もいない。戻って、立ったまま受話器を上げた。

「はい」

「あの――『駅前の銃撃事件の担当の方』ってかかって来てるんですけど」

「そう。――分ったわ。つないで」

椅子に座って、ことみは息をつくと、「もしもし。どういうご用でしょうか？」

と言った。

しかし、向うは何も言わない。

「――もしもし？」

と、くり返したが、沈黙したまま。

それでも切れてはいない。

「もしもし。あの……」

と、ことみが言いかけたとき、

「違います」

と、押し殺したような声が言った。

「え？　今、何て？」

「あの人は犯人じゃありません」

女の子の声だ。――ことみは一瞬の内に緊張した。これは、女子高生の声か？

「あなた、見たの？」

と、ことみは言った。「あの現場に、受験生と思われる女の子がいたって。あなたなの？」

「あの人じゃないんです」

と、その声はくり返した。

「ね、あなた、今どこにいるの？　会って話したいの。お願い、私を信じて会ってちょうだい。私はね、西原ことみ。あなたの名前は？」

「あの……それだけです。犯人じゃないのに……」

「ええ、私もそう思ってるの。でも、他に犯人がいるって、証言してくれる人が――」

「ごめんなさい！」

「切らないで！」

と、ことみは叫んだが、もう切れていた。

あのためらいながらの口調。間違いない。現場で、犯行を目撃した女子高生だ。

ことみはすぐ受話器を上げて、

「今の電話、どこから？　――公衆電話ね。どこのか分る？　――そう」

無理なことだった。しかし、本当に目撃者がいたのだ！

ことみはしばらく立ち上れなかった。

すぐにでも、上司に報告したかった。

「本当の犯人を目撃した子がいるんです！」

と……。

しかし、どこの誰かは分らない。――だめだ。今、そんな話をしても、

「いい加減にしろ」

と言われて終りだろう。

そうだ。何とかして、今電話して来た子を捜し出す。それしかない。

気を取り直して、ことみは昼食に出ることにした。

若者に人気の店に入って、ピザを頼んだ。

周囲のテーブルに、女子高生らしい女の子たち

もいる。にぎやかに、明るく笑い合っている。

その姿を眺めている内、ことみは胸が痛くなった。こちらは大喜びしているが、あの子の声……。

殺人を目撃したのだ。そして、おそらく犯人の顔をはっきり見ている。

ということは、向うも彼女を見ていたということだろう。

どんなに恐ろしかったか。——今になって電話して来た、あの女の子の気持を考えると胸が痛んだのである。

迷い、ためらい、悩んだあげくに、公衆電話からかけて来た。おそらく、児玉が犯行を認めたと聞いて、黙っていられなかったのだろう。
十七、八の女の子に、それ以上の勇気を求めるのは酷かもしれない。しかし、そうしないわけにはいかないのだ。——はっきりと、本当の犯人を見た、と証言してもらわなければ、児玉は救われない。
熱いピザを食べながら、ことみは考えた。

あの子は、おそらくあの日、K大を受験しに行ったのだ。

「そうだわ……」

と呟く。

合格していれば、K大生として、もうすぐ通い始める。ということは、ほぼ毎朝あの駅を利用すると思っていいだろう。

朝、大学へ向う子たちを、観察する。その中に、きっとあの子もいるだろう。

今も、そのときの怖い思いを引きずっているのだ。現場を通るとき、他の子たちと、どこか違うのではないか。

何日も様子を見ていれば、その子を見分けられるのでは……。

もちろん、毎朝あの駅を利用するK大生は何千人もいるだろう。その中の一人を見付けられるかどうか……。

無茶なことかもしれないが、やってみる価値はある。――ことみはもう心を決めていた。


まだ心臓がドキドキしていた。

麻紀はショッピングモールに戻ると、高倉ルミと待ち合わせているバーガーショップに向った。ハワイのお土産をルミからもらうことになっている。

あれで良かったのかしら？

でも、「良くない」と言われても、これ以上、麻紀にできることはない。思い切って電話したことは後悔していなかった。

電話に出たのが女の人だったので、ちょっとびっくりしたが、話しやすかった。そして、あの女の人――西原ことみという名前は、しっかり記憶していた――も、麻紀の言葉を信じてくれた。

言うことは言ったんだ。この後は、あの女の人がどうするか、任せるしかない……。

「麻紀！」

と、声がして、手を振ってやって来たのは――。

――ルミ？　あれがルミ？

陽焼けして、髪を短くカットして、まるで別人のようだ。

他に言いようがなかった。

「ルミ。――凄いね！」

「どう？　少し大人に見えるかな」

と、ルミは席にかけて言った。

「差つけちゃって！」

と、麻紀は言った。

そう。――実際、ルミは突然大人になったように見えた。

私は、まだ高校生？

「きれいに焼けたね」

「でも、あんまり焼くと肌によくない、っていうじゃない？　これでも神経使ったんだよ！」

ルミは、ハワイの思い出話を、しゃべりまくった。向うで、アメリカから来た大学生と知り合いになったらしい。

いや、ハワイだってアメリカだが。

「カリフォルニア大学だって。日本語が結構分るの。アニメで憶えたんだってさ。だから話するのは困らなかった」

「へえ。ハンサム？」

「まあね。でも、金髪、青い眼、高い鼻。典型的なアメリカ人ね」

「いい思い出、できた？」

麻紀に訊かれて、ルミは、

「うーん……」

と、ちょっと考えてから、「キスだけはした」

「ルミ……。危ないこと、やめてよ」

と、麻紀はつい言っていた。

「麻紀、いつまでそんなこと言ってるの？　もう子供じゃないんだから、私たち」

「分ってるけど……。私は急がない」

言いわけめいた口調で、麻紀は言った。

でも、その話はそれ以上進まなかった。――麻紀は、ルミからハワイ土産のTシャツやスポーツタオルをもらって、充分に嬉しかった。

「今日は早めに帰るって言って来ちゃった」

と、麻紀は言った。「入学式の前に、できたら会いたいね」

「うん。日本の味が恋しい」

と、ルミは少しオーバーに、「向うは何食べても大味で」

「じゃ、今週、時間ある？」

二人は予定を突き合わせて、夕食の約束をすると、バーガーショップを出た。

「それじゃ。――お土産、ありがとう！」

麻紀はそう言ってルミと別れ、一度振り向いて、手を振った。

そして、ルミは……。

「ちょっと平凡だったかなあ」

と、麻紀にあげたお土産について、後悔していた。

といって、そう珍しい物があるわけではない。歩き出して、ルミは〈紳士・婦人小物の店〉のショーウィンドウを覗いた。

「やっぱり、日本の方がセンスがいい……」

と呟いて――ふと、数メートル先で、やはり店を覗いている男性を見た。

あれ？　もしかして……。

ルミは、その男性が、銀ぶちのメガネを直して歩き出したところへ、

「すみません！」

と、声をかけた。「あの――ごめんなさい」

男性は足を止めて振り返った。

「K大の先生ですよね」

と、ルミが言うと、

「君は……」

「合格発表のとき、声かけてもらった、N女子高の……」

「ああ。――そうか。そういえば……。でも、何だか見違えたよ」

と、その男性は言った。

「ちょっとハワイに行ってたんで」

「なるほど。K大に決めたの？」

「もちろんです」

「それは良かった。もうすぐ入学式だね」

「先生の講義に出たいと思ってます」

と、ルミが言うと、

「残念だね。僕は別の大学に移ったんだよ、この春から」

「え？　そうなんだ！　残念だな」

「ありがとう。そう言ってくれると……」

と、男性は言って、「何なら、どうだい？　その辺で軽くお茶でも。僕も夜、用があるんで、一時間くらいしか付合えないが」

「一時間？　いいですよ。私も夕飯には帰らないと」

「そうか。じゃ、君の好きな店でいいよ」

「この先のワッフルのお店、おいしいんです。甘いもの、苦手？」

「いや、一人でパフェを食べに入るくらいだよ」

と、男性は笑って、「ぜひそのワッフルを食べたいね」

「すぐそこです」

と、ルミは足早に歩き出して、「私、高倉ルミです。先生は？」

「僕は前畑《まえはた》というんだ。前畑郁郎《いくろう》。専門は英米文学だ」

「やっぱり。服のセンスが英国風ですよね」

「そうかい？　照れるね」

その男と並んで、ルミは弾むような足取りで歩いて行った。


「何のお金だったのかしら……」

と、芳子は呟いた。

「え？」

竜夫が肉を焼きながら、「何か言った？　お金がどうとか」

芳子は苦笑して、

「『お金』って言葉はよく聞こえるのね」

と言った。

「そりゃそうさ。誰だって、金の欲しくない奴なんかいないよ」

「でも——どんなお金かにもよるでしょ」

「金に変りはないじゃないか。別に誰も何か言って来たりしてないんだろ?　だったら、放っときゃいいよ」

焼肉の店に入っている。佐伯芳子と、息子の竹内竜夫、そして妻の育代とその子、和志……。

育代は五歳の和志を店の奥のトイレに連れて行っている。

「よく食べるわね、和志ちゃん」

と、芳子は言った。「さすがに男の子だわ」

「肉を追加しないと足りないかな」

「あんたが足りないんでしょ」

竜夫はちょっと舌を出して見せた。

「——ちゃんと手を洗ったのよね」

と、育代が和志の手を引いて戻って来た。

「おい、肉、追加するだろ?　な?」

「食べる!」

と、和志は張り切っている。

——こんな店に入って、好きなだけ肉を食べられるのは、殺された竹内貞夫の口座に預けられていた、五百万円のおかげである。竹内の葬式に多少かかったが、充分に残った。

「おいしいわね」

と、育代が言った。「でも——いつまでもこんなこと、しちゃいられないのよ」

「食ってるときに先の心配なんかよせよ」

と、竜夫は気楽なものだ。

竜夫もまだ十八。大人になり切れていない亭主である。

旅館を辞めて、芳子は竜夫たちのアパートにちょうどひと部屋空きができたので、そこへ越した。一人で住むのに2DKはもったいない気もしたが、おそらく和志が小学校に上れば、何かと必要な物も増えて、芳子の部屋は「荷物置場」と化すだろう。

――あの五百万円がどういう金なのか、見当もつかなかったが、芳子もアパートに入居して、家具を買ったりするのに、手をつけている。

しかし、育代の言うように、五百万円くらい、使ってしまえばアッという間だ。

「ちゃんと仕事を探して」

と、育代は竜夫に言っている。

「私は、昔一緒に働いてた人と連絡が取れたから、明日会いに行ってみるよ」

と、芳子が言った。「そううまくはいかないだろうけどね」

「夜の商売？」

と、竜夫が訊く。

「普通の事務仕事なんかやったこともないしね」

「酒で体こわすなよ」

「竜夫、育代さんの体の方を心配しなさい」

と、芳子は言った。「夜、働きに出ないですむようにしてあげないと」

「分ってるよ。俺だって……。コネさえありゃな……」

「私も、この子を預けて、昼間働ければと思ってるんですけど」

と、育代が言った。「あのお金がある間に、何か習いに行ってみようかと……」

「それはいいわね。育代さんは若いから、何をやるにしても、覚えが早いでしょ」

「芳子さんだって、まだお若いじゃありませんか」

離婚した母親である。育代は「芳子さん」と呼んでいて、それは自然だった。

まさか――今になって、息子夫婦と同じアパートで暮すことになろうとは、思ってもみないことだった。これはこれで、そう居心地も悪くない。

しかし、芳子は漠然とした不安が拭えなかった。もちろん、元の夫、竹内貞夫が殺されたこともある。その理由は？　一応容疑者は逮捕されているが……。

竹内貞夫は何をしていたのか。そして突然手に入った五百万円。

正確に言えば、芳子はもう別れているのであのお金は竜夫のものということになる。

しかし、竜夫も、母親がいてくれることの便利さを分ったようで、お金は芳子が預かっていた。

追加注文した肉が運ばれてくる。竜夫と和志が争うように肉を取り合っている。

その様子を見て、苦笑していると、

「芳子さん、ケータイが」

と、育代に言われて、

「え？」

「芳子さんのケータイじゃないですか？」

「あ、本当だわ」

バッグを開けてみて、やっと気が付いた。「育代さん、耳がいいのね。やっぱり若いんだわね」

前のケータイは、旅館に返して来てしまったので、上京してから新しく購入した。

「どうせなら」

と、息子に言われてスマホにしたのだが……。

「こんな音がするのね」

と、スマホを取り出して、「でも番号変えたし、この番号なんか、他の誰にも教えてないのに。間違いね、きっと。——もしもし？」

肉を焼くジュージューいう音がうるさくてよく聞こえない。

「ちょっと待って下さい」

と、芳子は席を立って、店の外へ出た。

「もしもし。どちらか間違いじゃ——」

と言いかけると、男の声が、

「荷物は届いたな」

と言った。

「荷物？」

「お前の亭主の荷物だ」

「え……」

突然思い出した。あの小さな女の子の服。

「何ですか、あれは？　私、何も聞いてませんけど」

「しかし、五百万は受け取った」

「え……。じゃ、あのお金は……」

「分ってるだろ」

「知りません、何も。もう別れて十年もたつんです」

「しかし、あいつはお前をあてにしてたんだ。他には誰もいないと言ってな」

「私には何の連絡も——」

「それはこっちの知ったことじゃない」

「でも……」

「金を使ったからには、言うことを聞いてもらう」

恐れていた通り、あの五百万は、まともなお金ではなかったのだ。しかし、今さら悔んでも……。

「あの……何をしろと……」

「詳しく説明してやる。また連絡するから、それまで荷物を大事に取っておけ」

「あれは何ですか？　どういう——」

「お前は何も訊くな。ただ口をつぐんでいればいい」

「はあ……」

「お前にやってもらうことがある。逃げたり隠れたりしてもむだだぞ。妙な真似をしたら、お前の息子の命がない」

「え……」

芳子は青ざめた。

そして——通話は切れてしまった。

五百万円は、あの女の子の服の「代金」なのか。

しかし、どういうことだろう?

今はいくら考えてもむだなことだ。

芳子は、店の中に戻った。

「母さん、もう肉が残ってないぜ」

竜夫が呑気に言った。「最後の一枚、取っといたよ」

「食べる!」

と、和志が主張した。

「いいわよ、食べて」

言い終るより早く、最後の肉は和志の口の中へ消えていた……。

9　桜の木の下

こんな所で会えるんだろうか?

かなり不安になっていた麻紀だったが、大勢の中から、

「麻紀!」

と、声をかけて来て手を振っているルミを見付けてホッとした。

同時に、もう大学生なのに、こうして知っている顔が見付からないと、何となく心細くなってしまう自分が恥ずかしかった。

「早かったね」

と、高倉ルミが言った。「どれくらい前に来たの?」

「え?　うん……。十……五分くらい前かな」

Ｋ大学の入学式は、巨大と言ってもいいＳ会館で行われる。今、入口の辺りは凄い混雑だ。

本当は一時間近くも前に、ここにやって来ていた麻紀だが、ルミに笑われそうな気がして「十五分」にしておいた。

「桜が散ってる」

と、麻紀は青空を目を細めて見上げた。

ルミがちょっと笑ったので、

「何かおかしい？」

「ごめん。そうじゃないの。麻紀って純情な乙女だな、と思ってさ」

「それって、私のこと馬鹿にしてない？」

「そんなことないよ！　ただ――」

と、ルミは少し首をかしげて、「麻紀も大学生なんだものね。もう少し背伸びしてもいいのかな、と思って」

「子供だって言いたいのね？　いいよ、好きに言ってれば」

二人はＳ会館の中へ入って行った。

「ええと……私たちは〈Ｃ〉の入口から入る」

麻紀は手にしたハガキを見て、「全学部だから、凄い人数だね」

〈Ｃ〉という大きな文字を見付けて、通路を抜けて行くと、広々とした空間が一気に広がる。――こういう場所でのロックコンサートなどに来たことのない麻紀には、目をみはる巨大さだった。

席はまだ半分ほどしか埋っていない。

「ルミ、ご両親は？」

「父は海外。母は来ると思う」

「うちもだ。でもうちの父は海外じゃなくて仙台だけど」

二人は指定された席を見付けて座った。隣同士の席だ。――でも、麻紀は何となくルミが無口になっているのを感じていた。何だか、二人の間に見えない壁があるような……。

「麻紀、キスもまだ？」

ルミに訊かれて面食らった。

「何よ、いきなり。――そりゃ、ルミは青い眼の人とキスしたかもしれないけど……」

言葉を切ったのは、ルミが目をそらしたからだった。その意味は……。

「その人と……もっと行ったの？」

と、麻紀は訊いた。

「やめてよ！」

ルミが突然本気で怒ったように言った。「私、そんな子供じゃないよ」

麻紀はびっくりした。長く付合って来た友人が、思いがけない反応を見せたことに驚いたのである。

ルミの方も、すぐに何でもない、というように、

「遊びで付合うって年齢《とし》じゃないよ、もう」

と言った。


「うん……。そうだね」

よく分らなかったが、ともかく麻紀はこの話を打ち切ろうと思って、そう言った。

「あ！　いたいた！」

同じ高校からの女の子が何人か固まってやって来ると、麻紀たちを見付けて声をかけて来た。たちまちみんな「女子高生」に戻って、麻紀は安堵した。


急に、歩道に人が溢れた。

「何ごとかしら」

思わず、西原ことみはそう呟いていた。

ちょうど地下鉄を降りて、地上へ出たところだった。若い子たちの流れは、地下鉄の駅へとかなりの数が吸い込まれて行った。

〈K大入学式会場〉

その立札を目にして、納得した。歩道から奥へ

入ったS会館で、K大の入学式があり、ちょうど終ったところなのだろう。

——もちろん、忘れてはいない。あの電話をくれた女の子のことを。

しかし、今、間を縫って歩くのさえ大変な、新入生たちの人数を考えると、この中の、たった一人の女の子を見付けることなど、およそ不可能に思えてしまう。

それだけではない。今担当させられている暴行事件が、思っていたほど簡単に片付きそうになくなって来たのである。

要するに、けがをさせた若者の一人が、警察庁幹部と親しい人の息子で、

「慎重に扱えよ」

と、上から言われているのだ。

しかし、ことみとしては、そんなことは事件と関係ないと——思っていても、現実の世界はそう簡単ではないということも分っている。

ことみが地下鉄でやって来たのは、その喧嘩の目撃証言をしてくれたサラリーマンの話を聞くためだった。この駅の近くが勤め先だったのだ。

学生たちの間を何とかすり抜けて行くと、

「ちょっと止まって」

と、いきなりガードマンに行く手を遮《さえぎ》られた。

もちろん、止められたのはことみだけではなかったが。

「どうしたんですか?」

ちょうど目の前にガードマンが立ったので訊いてみた。

「大臣のお車が出る」

ぶっきらぼうにガードマンが言った。

そうか。——入学式の祝辞を述べるために何やらの「大臣」が招かれたのだろう。

黒塗りの大型車がやって来るのが見えた。

学生たちは、ほとんど関心なさそうで、車の方を見もしない。たぶん、決り切った祝辞など、聞いてもいなかったことだろう。

人の流れを止めるガードマンが、一人しかいなかった。もちろん、車が通るのに何秒もかからないのだが――。

ことみと何メートルか離れたところにいる、かなり高齢の老人。

明らかに、ガードマンが通行人を止めていることに気付かずに、ちょっと危なっかしい足取りで、立ち止まることなくスッと歩いて行ったのだ。

「危ない――」

と、ことみは口の中で言った。

車が出て来た。ガードマンは車の方に気を取られて、歩いて行く老人に気付いていなかった。

ちょうど出くわすタイミングだった。車が停まるかと思ったが、老人のことが目に入らないのか、ブレーキをかけない。

ぶつかる！

とっさのことで、何も考えていなかった。ことみはガードマンの広げた腕を押しのけて飛び出した。

老人は何かを感じたのか、足を止めた。

「危ない！」

と叫ぶと同時に、ことみはその老人に抱きついて、一歩、二歩、引きずって行った。車がやっとブレーキをかける。

ことみの腰に車が当った。老人を抱えたまま、ことみはよろけ、一緒に倒れた。

そして――どうなったのか、よく分らなかった。

ガードマンが、

「おい！　何してるんだ！」

と怒鳴った。

どうして怒られるの？　ことみは、ともかく老

人に、

「大丈夫？　けがしませんでした？」

と、声をかけていた。

老人も何が起ったのか分っていない様子で、

「何だね……わしをどうしようって……」

と、モゴモゴと言った。

ことみにいきなり抱きつかれたとでも思っているようだった。

「車が。――ぶつかるところでしたよ」

と、ことみは言って、老人を立たせたが、自分は腰の痛みに顔をしかめた。

そうスピードを出していたわけでないにせよ、車が当ったのだ。痛みはあった。

「わしは……急ぐんだよ」

老人は、ことみの手を振り切って、逃げるように行ってしまった。――ことみは何だか悪いことをしたような気にさせられて、ため息をついた。


「――大丈夫ですか！」

と、声がして、振り向くと、男性があの車から降りて、やって来た。

「すみませんでした。ドライバーが不注意で」

スーツ姿の中年男だった。ことみは、

「いえ。――お年寄が気付いてなかったようで」

と、少し救われた気分で、「無事で良かったです」

「いや、本当に申し訳ない。大臣もご心配で……。あなたはぶつかったのでは？」

「ちょっと腰を……。大したことありませんから」

「しかし、後で何かあると――」

と言いかけたが、「申し訳ありません。大臣は予定があって」

「どうぞ行って下さい」

と、ことみは言った。

「では――何かあれば、私に連絡して下さい」

と、男は名刺をことみに渡した。

車の窓から、

「おい」

と、声がかかった。「スズカケ、行くぞ」

「はい！　それじゃ」

男が車に戻る。――ことみは、大型車が素早く走り去るのを見送っていた。

スズカケ？　スズカケって言った？

ことみは、もらった名刺を見た。――名前が目に飛び込んで来た。

〈鈴掛悟《さとる》〉

あの氷川杏が話していた、竹内貞夫と会っていたという男。〈すずかけ〉。

この男に違いない！　ことみは歩き出して、

「痛い……」

腰に痛みがあった。――ことみは名刺を見直して、

「治療費を出していただこうかしら」

と呟いた……。

Ｋ大の入学式から続々と出てくる若者たちの流れをやっと抜けると、ことみは足を止めて、改めてもらった名刺を見直した。

〈衆議院議員　山倉典夫《やまくらのりお》　秘書　鈴掛悟〉

「でも……ちょっと違うイメージね」

と、ことみは呟いた。

あのバー〈ミツコ〉で、氷川杏が見たという男。殺された竹内貞夫と話し込んでいた〈すずかけ〉は、「五十五、六で太って禿げていた」という。

今、この名刺をくれた男は、どう見ても四十歳くらい。むろん、そう若くはないが、特に「太って」いる印象ではないし、禿げてもいない。

しかし、〈先生〉の話をしていたというからには、国会議員の秘書が絡んでいても不自然ではな

いだろう。

「〈鈴掛〉ね。――同じ山倉大臣の関係者に親戚でも……」

　山倉典夫は一年前の内閣改造で文科大臣になっている。そう目立っていないが、党内では大物と評されている。

　気になることは、すぐに対処する。――ことみは、手近なティールームに入ると、スマホで〈山倉典夫〉を検索した。

　関連した項目を見ていくと、

「――あった」

〈山倉典夫後援会〉。九州の地元の後援会だ。その後援会長が、〈鈴掛広士《ひろし》〉とある。

　おそらく〈鈴掛悟〉と血縁なのだろう。

「よし、と……」

　ことみは名刺をじっくり眺めた。ここから何か手がかりに辿り着くかもしれない。


「あ、いけない！」

　そもそもの用件――暴行事件の目撃者の話を聞くためにやって来たのだということを忘れていた。

　あわててアイスティーを飲み干すと、ことみは店を出た。約束の時間には、まだ五分遅れただけだ。待ち合わせには早く出る習慣がついている。

　それでも念のために、相手のケータイへかけた。

「――あ、昨日お電話したM署の西原です。遅れて申し訳ありません。あと五、六分でそちらへ着きますので」

「分りました。ちょっと忙しいので、手短かに」

と、その男性は、何だか落ちつかない口調で言った。

　ことみは、その会社の入ったビルに着くと、もう一度電話して、

「今、一階のロビーにいます」

「はあ。ではすぐに――」

じき、エレベーターから降りて、せかせかとやって来る男がいた。

「石川《いしかわ》さんですね。西原です」

と、ことみは言った。「お手数ですみませんが、目撃されたことについて、いくつか確認したい点がありまして。ちょっとお時間を――」

それを遮って、石川という中年のサラリーマンは、

「間違いでした」

と言った。

「――間違い、というのは？」

「私の勘違いで、喧嘩を見たのは別の日でした」

と、早口に言った。

ことみは啞然として、

「そんな……。ちゃんと署でお話を伺いましたよね」

「ええ。私も酔ってたんで、よく分ってなかったんです。申し訳ありません。では、急ぎますので、これで」

「待って下さい！　では――証言を取り消すとおっしゃるんですか？」

「そうです。間違いでした。お詫びします。後はよろしく」

「石川さん、そんなこと、おかしいじゃないですか。あなたは喧嘩のあった現場に居合わせたんでしょう？　そのまま署でお話を伺ったんですよ。それが別の日だった？」

「そうなんです。私がうっかりしてたんです。人間、誰だってそんなこと、あるでしょ？」

まくし立てるような言い方に、ことみはやっと理解した。――どこかから圧力がかかったのだ。

当事者に、警察庁幹部と親しい人間の息子がいるということを思い出した。

何てことだろう。平凡なサラリーマンが、おそ

らく上司や会社の幹部からの忠告に逆らえるわけがない。

「もうよろしいでしょうか」

石川は目を伏せて、「どうも――すみませんでした」

間違っていて、というのでなく、明らかに「本当のことが言えずに」すまない、と謝っていた。

「いいえ。――ただ、一度聴取させていただいているので、取り消すには手続きが。またご連絡します」

「ありがとうございます」

分ってくれた、と感謝しているのだ。

ことみは怒る気になれなかった。――嘘をつかなければならない辛さが、エレベーターに乗る後ろ姿に、にじんでいた。

署へ戻ると、ことみは担当を命じた上司の所へ真直ぐに向って、事情を話した。

上司は全く意外そうな様子を見せず、

「そうか。分った」

とだけ言った。

訊くまでもなかったが、ことみは一応、

「ご存じだったんですね」

と言った。「証言が取り消されることを」

「言ったろう」

と、上司は言った。「世の中には色々あるんだ」

何を言ってもむだだ。

「では……」

席に戻ると、ことみは何もする気になれなかった。

あの名刺――〈鈴掛悟〉の名刺を取り出して眺める。

竹内貞夫が射殺された事件の手掛りがあった、と言っても取り合ってはくれまい。むしろ、握りつぶされるかもしれない。

いや、すでにことみはあの事件から外されているのだ。

ことみは決心した。――誰にも気取《けど》られないように、調べていこう。

まず、この名刺の主から……。

10 友情

ケータイにかけると、すぐに出た。

「鈴掛です」

「あの――お忙しいところ申し訳ありません。三日前、S会館の前で、車に接触した者ですが……」

おずおずとした感じで言ってみた。

「ああ、どうも！　その節は失礼しました」

「いいえ。突然お電話してすみません。あの――図々しい話ですが、あの後、一応検査や治療を受けまして、ちょっとお金がかかったものですから、私――」

「それは大変でしたね」

と、鈴掛はすぐに言った。「もちろん、その費用はこちらで出させていただきます。もしよろしければ、お目にかかって。お時間はありますか？」

「そちらに合わせられると思います」

と、ことみは言った。

「そうですか。これから山倉先生のお供でFホテルに行きます。そちらにおいでになれますか？」

「はい、もちろん」

都合良すぎて、ちょっと心配なくらいだったが、ことみは署を出ると三十分ほどでFホテルに着いた。

正面玄関に、ホテルのお偉方が迎えに出ている。ことみがロビーへ入って行くと、

「ちょっと」

と、紺のスーツの男性が近寄って来て、

「何の用ですか？」

一目でSPと分る。ことみが身分証を見せると、さすがに、

「失礼しました」

とは返したが、少しも「失礼」と思っていない口調だった。「公務ですか？」

「山倉大臣の秘書の方とお会いすることになっています」

大臣の名前はさすがに効果があった。

それ以上は訊かれることなく、ことみはロビーラウンジに入って、待つことにした。

十五分ほどで、山倉の大型車がホテルの正面に着く。

山倉のすぐ後ろを、あの鈴掛が歩いている。

このホテルの会議室で、大臣を囲む会合があるのだとことみも調べてあった。

その会合の間に、鈴掛はラウンジへ来るつもりだろう。

さらに二十分ほどして、鈴掛がラウンジにやって来た。

「どうもお待たせして」

「いいえ。お忙しいのに、すみません」

と、ことみは言った。

「先生から急に呼ばれない限り、一時間くらいは大丈夫です」

鈴掛はコーヒーを頼んで、「西原さん、でしたか……」

「はい。こういう者です」

ことみが名刺を渡すと、鈴掛はちょっとびっくりした様子で、

「警察の方でしたか！　それであのときも身のこなしが――」

「とんでもない。たまたまのことで」

初めから刑事だと名のっておく方がいいと思った。調べればすぐに分ることだし、隠していたら却って怪しまれる。

「すみません。図々しいお願いで」

と、病院での治療費明細を取り出した。「何しろ安月給でして」

鈴掛は笑って、

「いや、お仕事に差し支えては困りますからね。ちゃんと治療を受けて下さい」

と言うと、封筒を取り出して、「これは治療費と、心ばかりのお見舞です。受け取って下さい」

「とんでもない。私は警官です。実費以上のものはいただけません。このコーヒー代も、自分の分は払わなくてはいけないのです」

ことみのきっぱりとした口調に、鈴掛は面食らった様子で、少しの間ポカンとしてことみを眺めていた。そして、やっと口を開いて、

「分りました。いや、こちらの考えが足りなくて」

「そんなことは……。ご好意はありがたいんですけど、私としては……」

「もちろんです。では実際の費用を」

鈴掛は、封筒を開けると、中から一万円札を何枚か抜いた。ことみの方も、財布を出して、きっちりと金額を受け取って、おつりまで渡した。

「ありがとうございます」

と、ことみが礼を言うと、鈴掛は、

「とんでもない。何しろお金に関してはいい加減な世界でしてね」

と言ってから、「おっと、刑事さんにこんなことを言ったら危険だな」

と笑った。

二人はコーヒーを飲んで、

「山倉大臣の秘書には、いつごろから?」

と、ことみが訊いた。

「もう三年になります。先生の地元の福岡で、叔父が後援会長をしているので、そのご縁で」

「そうですか。珍しいお名前ですね。叔父様も?」

「ええ、鈴掛広士といいます。出身は九州の南の方らしいですが、その辺りには多い姓のようです」

その話し方には少しも訛《なまり》がなかった。鈴掛は、

「僕は父親が早く亡くなって、中学生のとき、ほとんど会ったこともない親戚に引き取られて東京に来たんです」

と言った。「失礼ですが――西原さん、ご結婚を?」

「いいえ。でも、娘がいます。今、五歳で」

「なるほど、落ちついてらっしゃる。ずいぶんお若いでしょうが」

「三十一です。鈴掛さんは……」

「もう四十になったところです。何しろ、時間の読めない仕事なので、付合う相手にみんな振られて、独身です」

どうしてこんな話になったのか、よく分らなかったが、少なくとも鈴掛が怪しむことなく話して

いるのは確かなようだった。

この男性から、竹内貞夫が殺された事件にどうつながるのか、ことみにもまだ見当がつかなかった。

ことみはコーヒーを飲み干すと、ラウンジの入口の方へ目をやって、

「あれ、あなたの『先生』では？」

鈴掛は振り返って、山倉がやって来るのを見てびっくりした。

「先生！　もう終られたんですか？」

「ああ、下らん話ばっかりだ」

と、山倉が言った。「お前が女と会うと言ってたから、どんな女か見に来たんだ」

「先生……」

鈴掛は咳払いして、「こちらはM署の刑事さんです」

「ほう」

山倉はことみをジロジロ眺めて、「秘書がセクハラでもしましたかな？」

と言った。


どうしたんだろう？

工藤麻紀は、ちょっと首をかしげた。

「でも――もう大学生なんだから」

と、自分に言い聞かせて、電車に乗った。

そう。――高校生のころとは違って、毎日高倉ルミと同じ講義を取っているわけではないから、同じ電車で一緒に行かなくても当り前かもしれない。

それでも――大学でも一限目から講義があれば、同じ時刻に始まる。教室は別でも、一緒に行こうと思えば……。

一年生で、できるだけ単位を取っておかないと、後で大変だ。

ルミもそう言っていたのだが。

——上天気だった。

春は風が強い日も多いが、今日はそんなこともなく、穏やかに晴れている。

大学生活は、まずまず順調にスタートしていた。そう期待外れの講義もなかったし、何人か友達もできた。

同じ〈N女子高〉からの子も何人かいるが、できるだけ別の高校からの子たちと話すようにしていた。

それに——K大学には男がいる！

もっとも文学部には男が少なく、講義によっては一割くらいしかいないこともあった。それでも、女子ばかりの教室に慣れていた麻紀には、雰囲気が変って、面白かった。

——たまたま空席ができて、麻紀は座った。

あと二駅だが、座れると、ついまたケータイを取り出して見てしまう。

ルミからの連絡。

〈午後から出る。先に行って　ルミ〉

麻紀は、

〈どうしたの？　大丈夫？〉

と返したが、それには返信がない。

麻紀が心配しているのは、これでもう三日続けてルミが来ていないからだった。

今日は〈午後から〉と言って来ているが、昨日もそう言って、実際は丸一日休んでしまった。

夜、気になってケータイにかけると、電源が切ってあったりする。

「ルミ……」

K大の入学式での会話を思い出していた。

もう子供じゃない……。

ルミに何があったのだろう？

——午前中の講義が終って、麻紀は学食でランチを食べると、用があって事務室へ向った。

新年度が始まったばかりで、昼休み、事務室には学生たちが大勢やって来ていた。

昼休みの間じゃ終らないかもしれない。

「明日にしようか……」

と、迷っていると、ポンと肩を叩かれた。

「あ、啓子《けいこ》」

〈N女子〉で一緒だった松崎《まつざき》啓子。特に仲が良かったわけではないが、同じ講義をいくつか取っている。

「もう用事、すんだの?」

「うん」

と、啓子は肯いて、「ね、麻紀、ルミと仲良かったよね」

「高倉ルミ?　うん、まあね」

「そうか……。だけど……」

と、啓子は言葉を濁した。

「ルミがどうかした?」

「あのね」

と、啓子は麻紀の腕を取って、少し人の少ない辺りへ連れて行くと、「――これ、ルミに言わないでね」

「何の話?」

啓子は、高校生のころから、かなり派手な感じの子だった。大学生になって、一段と目立っていた。

「この間、日曜日にね、ルミのこと、見かけた」

と、啓子が言った。

「そう」

「ホテル街でね」

「え?」

「ということは、私も行ってたんだけどさ」

と、啓子は肩をすくめて、「私は前からの彼氏と一緒だった。でも――ホテルから出て来たルミは、大人の男と」

「大人……」

「三十過ぎかな。どう見ても大学生じゃない」

「そう……」

何となく予感していたのか、びっくりはしなかった。「それで……」

「ちょっとね、深刻な雰囲気だったよ」

と、啓子は言った。

「深刻って……」

それはそうだろう。

男と一緒にホテルから出て来たということは、ルミがその男と関係を持っているわけだ。

「まあ、ルミももてたけどね、高校のころから」

と、啓子は言った。

しかし、麻紀はルミのことをよく知っている。確かに、派手で遊んでいるように見えるが、実際は何ごとにも慎重で、心配性だ。

ルミが麻紀のことを「お子様」扱いしてからかうのも、「自分と似ている」からなのだということを、麻紀は分っていた。

比較の問題、ということなら、ルミは麻紀よりも派手な子だろう。しかし、そう簡単に男とホテルに入るようなことはしない。

「その男の人、啓子は見たことあった?」

「全然。知ってりゃ言うよ」

「そうだね。ごめん」

「麻紀から何か言ってあげたら?」

「私が?　そんなこと……。でも、ルミ、おかしいの、最近」

「おかしいって?」

ルミが大学へ来ていないことを話して、

「その男の人のことが原因かな」

「きっとそうだよ。ルミ、男の人にすがりつくようにして、泣いてた」

「本当?」

麻紀はびっくりした。ルミはよほどのことでない限り、他人に弱みを見せない子だからだ。たとえ相手が恋人でも、涙を見せるというのは……。

「もちろん、ワアワア泣いてたわけじゃない。でも、少なくともハンカチ出して涙を拭いてた。男の方がね」

「じゃあ……ルミに訊いてみるよ。それとなく」

そうとしか言えなかった。「ありがとう、啓子」

「どういたしまして」

啓子は、ちょっと麻紀の肩を叩いて、「まだ若いんだものね、私たち」

「そうだね」

「あ、もう行かなきゃ」

と、啓子はケータイを見て言った。「昼休みにサークルの打合わせがあるんだ」

「じゃ、行って。ありがとう」

と、くり返して、啓子を見送ったが——。

啓子は少し行って、振り返り、

「ルミ、たぶん妊娠してるよ」

と言った。「じゃあね!」

麻紀は、何も返せなかった。——まさか!

ルミが妊娠?

もちろん、男と体の関係を持っているのだから、妊娠する可能性はある。しかし、ルミは勢いに流されてしまうというタイプではない。

妊娠しないように用心するのが、ルミなら自然なことのように、麻紀には思えた。

そう。——啓子の言うことが事実とは限らない。

ルミに直接訊いたわけじゃないのだし……。

だが——一方で、ルミが大学を休んでいること、連絡が取れないことなど、もしルミが妊娠しているとしたら説明がつく。

直感的に、麻紀は啓子の言葉が正しいと思った。

「——どうしよう」

それが事実なら、何とかしなくては。日が過ぎれば、それだけ対処するのは難しくなる。

迷っている内に、午後の講義が始まる時間になっていた。

「いけない！」

麻紀は教室へと駆け出した。

幸い、というか、教授がかなりの高齢なので、麻紀が教室へ入って行ったのは、七、八分遅れてのことだったが、まだ教室は学生たちのおしゃべりでざわついていた。

「間に合った！」

と、息をついた麻紀は、後ろの方の席に、ルミが座っているのを見て、ハッとした。

今日は本当に「午後から出て来た」のだ。ルミの方も麻紀を見付けて手を振っている。

麻紀は息を弾ませながら、ルミの隣に座った。

「珍しく麻紀がサボってるのかと思ったよ」

と、ルミが言った。

「お昼にちょっと用があって――」

言いわけする余裕はなく、教授がゆっくりした足取りで入って来た。

きっと、何でもなかったんだ。

取り越し苦労だったんだわ、啓子の。

麻紀はフルーツパフェを食べながら、ホッとしていた。

大学を出て、ルミが、

「何か甘いもの食べてかない？」

と、誘ったのである。

「ごめんね、心配させて」

と、チョコレートパフェを食べながら、ルミは言った。

「別にいいけど……。ルミ、どうしちゃったのかなと思って」

「うん、ちょっとうちの親戚のことで、もめてさ。

家の中が落ちつかないんだ」

「そう。大変だね」

「これからも、ときどき講義休むかもしれないけど、よろしく」

「分った。でも、私のノートじゃあてにならないよ」

と、麻紀は笑って言った。

すると――ルミがスプーンを取り落とした。

「ルミ――」

ルミは突然口に手を当てて、苦しそうにすると、席をバッと立って、奥のトイレへと駆けて行った。椅子が倒れそうになって、麻紀はあわてて手でつかまえた。

ルミ……。あれは、きっと――。

しばらくして戻って来たルミは、青ざめて、こわばった表情をしていた。

「大丈夫?」

「うん……。ちょっと気持悪くなって……」


と、弱々しい声で言った。

「ルミ。――つわりでしょ」

麻紀は小声で言った。「啓子から聞いた。ルミが男の人とホテルから出て来るの、見たって」

ルミは肩を落として、

「やっぱり啓子だったのか……。チラッと見かけて、もしかしたらって……」

と、呟くように言った。

「本当のこと話して。――ね?」

と、麻紀が言うと、ルミは小さく首を振って、

「本当のことっていっても……。要するに、そういうことよ」

と、目をそらしたまま言った。

「ルミ。――どうするの?」

「仕方ないじゃない。まさか、赤ちゃんおんぶして大学に通うわけにも……」

「その人――相手の男の人って、大人なんでし

よ？　知ってるの、このこと」

「うん。お金は出すって言ってくれてる」

「そんな……。責任感じてるの？」

「あの人が悪いんじゃない」

と、ルミは早口に言った。「私のせいなの。私がせがんだ。そうなのよ。彼はそこまでしようとしなかった。でも……」

「ルミ――」

「私、高二のときに経験してたの」

と、ルミは水を一口飲んで、「相手も高校生だった。麻紀の知らない子だよ。向うもたぶん初めてで、ちっとも楽しくなかった。こんなもんか、って思って、それきり……。でもね」

ルミは真直ぐに麻紀を見つめると、

「あの人とは全然違ってた。まるで雲の上を歩いてるみたいに、自然に抱かれてたの。このままじゃ危ないとか、心配してる余裕なんかなかった。ただ夢を見てるようで……」

と、熱っぽく語った。

「だけど、相手は大人だよ。向うが用心してくれなきゃ――」

「やめてよ。麻紀なんかには分んないよ。男とキスもしたことないでしょ？　遊びじゃない、本当のキスなんて」

「ルミ、私のことじゃないでしょ。ルミの体のことだよ」

「いいのよ。あの人に迷惑はかけない。自分で何とかする」

「ちゃんと話さなくちゃ！　お母さんとか――」

「やめて！」

ルミは激しく遮った。「絶対に、絶対に、言わないで。友達でしょ」

「――分った。でも、ちゃんとしないと……。しっかりした病院で……」

「心当り、あるから」

「本当？」

少し間があって、

「ごめん」

と、ルミがいつもの口調に戻った。「心配してくれて、嬉しい」

「友達でしょ、当り前だよ」

麻紀はルミの手を握った。ルミは肯いて、

「そのときは……ついて来てくれる？」

と言った。

11　微妙な選択

幸か不幸か――というほど大げさな話ではなかったが、今のところ大きな事件に係ってはいなかった。

「先生も、この時期、東京を離れられないんですよ」

と、鈴掛悟は言った。

「でも――申し訳ないです。こんな高価なチケットを」

と、西原ことみは言った。

「むだにするよりは。スポンサーの関係で、よく回って来るんですよ、先生の所に」

「先生はご覧にならないんですか？」

鈴掛はちょっと声をひそめて、

「これはオフレコですよ。先生の聴くのは、浪曲と演歌だけです」

劇場のロビーは、イヴニングドレスとまでいかなくても、よそ行きのファッションの女性客で溢れていた。

「私、こんな格好で……」

ことみは少し後悔していた。

「仕事をしているんですから仕方ないですよ」

「それにしても……」

少々着古したパンツスーツ。子供を連れて歩く身には、「汚れても構わない」のが第一である。

それに、鈴掛から、

「今夜オペラを観ませんか」

と誘われたのは、夕方の五時。

着替えに帰る時間もなかった……。

第一幕の後、ロビーでシャンパンを飲みながら、こんなぜいたくをしたのは何年ぶりだろう、と思っていた。

娘の有美をうまい具合に預けられた。

しかし、オペラが終ったら、

「娘を迎えに行くので」

と、帰ろうと決めていた。

鈴掛が食事にでも誘おうとしていることは空気で分ったが、そこまでは……。

「あ、鈴掛さん」

と、声をかけて来たのは、TVのコメンテーターで時々顔を見る女性だった。

「やあ、その節はお世話に」

「いいえ、楽しかったわ！」

大きく胸元の開いたドレスがいやでも目立つ。

「お一人？」

と言いつつ、目はしっかりことみを見ている。

「仕事でちょっと……」

ことみが小さく会釈すると、

「こちら西原ことみさん。優秀な刑事さんです」

「まあ！　どこかに凶悪犯でも？」

「いえ、今はプライベートで」

「ね、ユリエさん、今度先生のお祝いの会が。コメントもらえませんかね」

「詳しく聞いてからでないと。スマホにデータ、送って」

「分りました。今日ご主人は？」

「パリに行ってるの。寂しく一人よ。終ってからはお二人で？」

「いえ、私はすぐ娘を迎えに」

と、ことみはすかさず言った。

「お子さんがいらっしゃるの。見えないわね！」

と、目を見開いたが、すぐに誰か知人を見付けたようで、「失礼。――久しぶり！」

と、行ってしまった。

少し間があって、

「無理に連れ出したようで、すみません」

と、鈴掛が言った。

「とんでもない。娘はちゃんと友人が預かってくれています。それより……」

「いや、本当はこの後、食事にでも、と思ってたんですが」

「ごめんなさい。ちゃんとお話ししておかなくちゃいけないのに」

「そんな遠慮はいりませんよ。お互い、いつ呼び出されるか分らない立場ですからね」

ロビーにチャイムが鳴った。「席に戻りましょうか」

「ええ」

――第二幕が始まって、ことみは何だか落ちつかなかった。第一幕では、オーケストラの奏でるメロディやソプラノの歌声に聴き入っていられたのだが……。

――一体何をしてるの？

ことみは自分に呆れていた。竹内貞夫が殺された事件を、ひそかに調べているはずじゃなかったの？

それなのに――鈴掛と、二度、食事を一緒にした。もちろん、鈴掛は決して礼儀を失わなかった。

ことみは、正直なところ、鈴掛と話しているのが楽しかったのだ。絵画や音楽、映画などの好みがぴったり合っていて、当然のように話が弾んだ。

しばらく忘れていた、男性と二人で過すひとときの楽しさを思い出していた。

それとなく、会話の中で、山倉について訊いてみたりしたが、職業柄、鈴掛も雇い主のこととなると口が堅かった。

このままじゃ……。このままではいけない。

考えていたことを実行するべきだ。――K大学に通う女の子たちの中から、事件の目撃者を見付ける。

可能かどうか分らないが、何かしなくては。

ことみはこのまま自分が事件のことを忘れてしまいそうで、怖かった。その原因の一つが、鈴掛と会っている時間にあることは、分っていた。

そう。明日、午後から出ることにして、朝の内、あの駅の出口を見張っていよう。

そう決心すると、ことみは少し落ちついて舞台に集中できた。

すると――肘《ひじ》かけに置いた手を、鈴掛の手が不意につかんで来た。驚いたことみは手をどけようとしたが、鈴掛の手はしっかりとつかんで、放そうとしなかった。

カッと頬が熱くなり、鼓動が速まった。

席を立って出て行ってしまおうかと思ったが、できなかった。

ことみは手の力を抜いて、男の手の熱を感じていた……。

「じゃ、今週は任せたわよ」

ショールを手に、オーナーの女性は言った。

「かしこまりました」

佐伯芳子は店の出口まで行って、「行ってらっしゃいませ」

と見送った。

オーナーは行きかけて、

「何かあったら、ケータイにかけてもいいけど、できるだけ、あなたの方で対処してね」

「はい、できる限りは」

「あなたが来てくれて助かってるわ。安心して任せられる人って、これまで一人もいなかったの」

「恐れ入ります」

「じゃ、よろしくね」

オーナーの姿がエレベーターに消えると、芳子はちょっと息をついて、店の中を見渡した。

店を開けるまで一時間ある。

ホステスたちはまだ出て来ないだろう。芳子はカウンターの椅子に腰をかけて、グラスにミネラルウォーターを注いで喉をしめらせた。

銀座のバー〈R〉。芳子は今、ここのホステスをしている。オーナーの松田涼子《まつだりょうこ》が言った通り、普段、芳子はこの店を任されている。

正直なところ、芳子にもわけが分らなかった。

——ともかくどこかに働き口がないかと探していたとき、突然ケータイに電話がかかって来た。

銀座を中心に何軒かバーやクラブを経営しているという松田涼子から、

「会いたいから、店に来て」

と言われたのだ。「できれば着物で」

面食らったが、ともかく持っていた着物で出向くと、松田涼子はひと目見て、

「いいわね。着物がさまになってる」

長いこと仲居をしていたので、着物は慣れている。その場で、芳子はバー〈R〉で働けることになったのだ。

そのまま芳子より大分若いホステスたちに引き合わされた。しかも、驚いたことに、松田涼子は、

「この世界で長くやって来た人だから」

と、芳子を紹介し、「芳子さんの言うことを聞いてね」

芳子は内心、かなり焦った。仲居として新人の子を教えたりはしたが、バーの世界など全く知らない。

しかし、そこはオーナーの顔を立てて、

「仲良くやりましょうね」

と、落ち着き払った態度で挨拶したのだった……。

「どうなってるのかしら」

と、ミネラルウォーターのグラスを揺らしながら呟く。

実際、なぜこんな仕事が舞い込んで来たのか、芳子には見当もつかなかったのだ。

松田涼子から聞こうにも、ともかく忙しい人で、ゆっくり話す時間がない。やっと、「ある人に紹介されて」のことだった、と訊き出したが、その「ある人」が誰なのかは、教えてくれない。

スッキリしないままではあるが、こんなバーを任されて、しかも、あの旅館にいたときの倍以上の給料をもらっているのだから、文句も言えない。

一体誰が、なぜ？

店の電話が鳴った。

「──はい、〈R〉でございます。──もしもし？」

少し間があって、

「居心地はどうだ」

と、男の声が言った。

「あなた……。この前、電話して来た人ね」

と、芳子は言った。「じゃ――もしかして……」

「礼はいらない」

と、男は言った。「お前には、そこでやってもらうことがある」

「それって……あの……何か悪いことじゃ……」

と、口ごもると、向うは笑って、

「いいとか悪いとか、世間はそんな単純じゃないことぐらい、お前だって分ってるだろう」

「こんなお仕事を回して下さって、ありがたいとは思っています。でも――」

「そこで、ちゃんと働いてろ。いずれ分る」

「でも――」

と言いかけたとき、店の扉が開いて、若いホステスが入って来た。

「ママ、おはよう」

「ああ、おはよう。――では、またお電話さし上げますので」

芳子は通話を切ると、「ユキちゃん、お母さんの具合、どう?」

「寝たきりになりそうで怖いです」

「そう。大変ね。自分で面倒みるのは限界があるわよ。何かあったら相談して」

「はい、ありがとう」

仲居だったころ、下働きの子から上客まで、芳子は変らずに接して来た。ここでも、気のつかい方は同じ。人間の集まる所、起ることに違いはない。

他のホステスたちもやって来て、芳子は店の準備に追われた。

あの男が、どんな下心があるにせよ、この店で働けるようにしてくれたことはありがたかった。芳子の給料のおかげで、息子の竹内竜夫は時間をかけて職探しをできるし、妻の育代は夜のアルバイトに出なくてすむようになった。

そして何より、芳子自身が、この仕事にやりがいを覚えていたのだ。

背後に何があるのか。——かつての夫、竹内貞夫が殺された事件を忘れたわけではない。しかし今は……。ともかく真面目に働いて悪いことはないだろう。

「いらっしゃいませ」

最初の客が入って来た。


とても無理だわ。

西原ことみは、頭痛がして、しばらく目を閉じた。

K大へ向う学生たちが駅から出て来るのを、ずっと監視して、殺人を目撃した女の子を見付けようという——意気込みは充分だったのだが、実際やってみると、ドッと駅から出て来る子一人一人の顔を見るだけでも容易ではない。

その表情を見分けることなど、不可能だった。

小型のレンタカーを駅前に停めて、車の中から見ているのだが……。

ずっと車を停めているので、怪しんだ巡査がやって来る始末。もちろん、「張り込みです」と言って済んだ。

十時半を回って、駅を降りてくる学生もほとんどいなくなると、ことみは車を降りて、腰を伸ばした。

体がこわばってしまっている。

「これじゃ、何日やっても同じことだわね」

と呟く。

午後には署へ出なければならない。

諦めて、ことみは車を出すと、手近にあったファミレスに寄って、何か食べて行くことにした。朝食も抜きだったのだ。

ハムエッグとトーストの〈モーニングセット〉を頼んで、ともかくコーヒーを飲み干した。

「ああ……」

何かいい手はないものか……。

ケータイを取り出してみると、メールが入っていた。

鈴掛からだ。フッと疲れた体のほぐれるのを感じた。

今夜、予定がなくなったので、食事でもという誘いだったが、急には無理だ。有美を預かってくれる人がそううまく見付からない。

それも〈夜八時から〉では、とても……。

ことみは、〈せっかくのお誘いですが〉とメールを入力しながら、鈴掛に会う機会を失うことを残念がっている自分に戸惑った。

あくまで捜査のためだ、と思っているのに。そのはずなのに。


ことみは、入力した断りのメールを送信しようとして、ためらった。

「——しっかりして！」

と、自分へ言い聞かせるように、口に出して言うと、メールを送信した。

「キャッ！」

と、そばで女の子が声を上げた。

——振り向いたことみは、一瞬ハッとした。

胸に血のりが——。

それが、トマトケチャップだとすぐに気付いてホッとした。客の女の子の持つボトルからケチャップが勢いよく出て、服を汚してしまったのだ。

「どうしよう！」

「大丈夫ですか」

と、ウェイトレスが濡れ布巾を持って急いでやって来て、「すぐ拭きますから」

手早い対応に、ことみは感心した。そして——。

「そうだ……」

服についたトマトケチャップを見て、ことみは思い付いた。一見したら、血のようにも見える。もし、あの駅の出口に、「血が広がって」いたら……。

そう見えたとしたら、目撃者の女の子は……。

もちろん、むだかもしれないが、やってみる価値はある。

鈴掛のことは忘れていた。

「お待たせいたしました」

ハムエッグの皿が、ことみの前に置かれた。

12　風の音

カタカタ……。

不規則な音が、ずっと聞こえていた。

晴れていたが、風の強い日で、病院の玄関、ガラス扉の外側に下っている〈本日休診〉の札が風に吹かれてガラスに当っているのだ。

その様子を、病院の中から見ているのは、ちょっと妙な気分だった。それにしても、別に札を下げておかなくたって、ほとんど患者なんか来ないんじゃないかしら、とつい考えて、麻紀は、

「だめだめ。そんな失礼なこと考えちゃ」

と、自分へ言い聞かせるように呟いた。

確かに、大分古びた個人病院だが、長いことここにかかって、安心していられる人もいるだろう。

工藤麻紀は、高倉ルミに付き添ってここへ来ていた。麻紀が初めて会った女性の医師は、髪が真白で、もう七十はとっくに超えているようだった。

ルミは小さいころ、この近所に住んでいて、よく診てもらったということだ。――ルミの懸命な頼みを聞いてくれたのだった。

麻紀は、こうしてルミに付き添って来たことが果して正しかったのか、悩んでいた。たとえ、どんなに叱られても、ちゃんと母親に話して、もっと色々設備の整った大きな病院に行く方がいいのでは、と思っていた。

しかし、ルミは麻紀を頼りにしている。友人として、裏切ることはできない。

診察室のドアが開いた。

思いがけず早く終った。ゆっくりと歩いて来るルミを、急いで立って行って支えた。

「麻酔がまだ切れてないから」

と、女医さんが顔を出して、「ここで少し休んで行って。若いからね、大丈夫よ。抗生剤を出しておくから、必ず飲んで」

「はい。――ありがとう、先生」

と、長椅子に座って、ルミが言った。

「気を付けるのよ、これからは」

「はい」

「薬をあげるから、待ってて」

ルミは半分眠っているような様子で、深く呼吸していた。

「ルミ……。大丈夫？」

そう訊くことしかできない。

「うん……。心配かけてごめん」

言葉が少しもつれた。「あ……」

ルミのバッグで、ケータイに着信音があった。

「メール？」

「うん……」

手に取ってメールを見ると、ルミの目に急に力が戻った。「あの人だ！」

そして、弾んだ声で、

「心配して来てくれた。――忙しいのに」

と言った。

「ここに来たの？」

「この先の公園にいるって。――麻紀、お願い、私、まだ動けない。行ってくれる？」

「私が？」

「大丈夫だって言ってくれれば。もう少ししたら動けるようになる、って」

「ルミ、無理しちゃだめだよ。――分った。じゃ、それだけ言って来る。他のことは……」

「何も言わなくていい。私が自分で話す。悪いけど、お願い」

「分った」

麻紀は、急いで病院を出た。


公園は、ほんの数十メートル先。風で髪が乱れるのを気にしながら、麻紀は足早に向った。

公園には誰もいないようだったが……。

奥のベンチの向うに、スーツ姿の男性の後ろ姿が見えた。

ルミを妊娠させ、こんな辛い思いをさせた男だ。ルミがどう思っていても、麻紀としては腹立たしかった。

でも、ルミを怒らせるようなことはできない。特に今は。

少し気を鎮めるように、大きく息をつくと、公園の中に入って行く。

「あの――失礼ですけど」

と、声をかける。

男は、足音に気付いていたのだろう。急ぐ風でもなく振り返った。

「私、高倉ルミの友人で――」

その先は出て来なかった。

これは……。こんなことって……。

「やあ」

と、男は言った。「また会えたね」

銀ぶちメガネの奥の目は穏やかだった。——殺人者の目は。

我知らず、麻紀は後ずさりして、よろけた。

「大丈夫だよ」

と、男は言った。「君に危害を加える気はない。安心してくれ」

そう言われたからといって、安心できるわけもない。——私、殺される？ 血の気がひいていた。

「会って礼が言いたかったんだ」

と、男は淡々とした口調で言った。「君が僕の顔を正面から見ていたのに、警察に届けずにいてくれたからね」

麻紀は何も言えなかった。しかし、相手は麻紀の言いたいことを察しているようで、

「いや、分ってるよ。君はあのとき受験だったんだね。あの場にとどまっていたら、それこそ警察にしつこくあれこれ訊かれて、受験できなかっただろう。君が大学へ向ったのは当然のことだよ」

と、男は肯いて見せると、「いずれにしろ、あの男はもう死んでいた。君が残っていてもできることはなかったよ。——君の考えてることは分る。どうしてわざわざ正面切って顔を見合わせるようなことになったのか、と思ってるんだろう？ それはたまたまなんだ。あの男を真直ぐ見て、引金を引いたとき、君の後ろ姿は、ちょうどあの男に隠れていた。ほんの二、三秒だったが、引金を引いてから、僕は君がいることに気付いたんだ」

麻紀は、男の説明が、まるでその辺ですれ違おうとして肩でもぶつけた、と言っているかのよう

で、愕然とした。

「一瞬、迷ったよ。本当なら、致命的なミスだ。正面から顔を見られたんだからね。君を撃つべきだ、と思った。それは本当だ。しかし、できなかった。君は若くて――生きていた。まだ十代の、将来のある女の子を殺すなんて、僕にはできなかった。僕は賭けることにしたんだ。君はきっと黙っていてくれる、という直感にね」

「私は……」

と言いかけて、麻紀は口をつぐんだ。

この男は人殺しなんだ。話を信じちゃいけない。

「もう今から警察へ言いに行くのはやめた方がいいよ。どうして今まで黙っていたんだ、って怒鳴られる。連中は感謝なんかしない。それどころか、君を共犯者か、少なくとも犯人の逃亡を助けたとして、罪に問うかもしれない」

「あなたは……」

麻紀は、やっと言葉を押し出すようにして言った。「私のために……私を黙らせておくために、ルミにあんなことを……」

「君がそう思うのも無理はない」

と、男は言った。「確かに、大学の合格発表のとき、君とあの子が一緒にいるのを見て、直接君に会うより、まず友達と知り合うことにした。君の身許や個人的なことを知っておけば、安全だろうしね」

「ルミを騙《だま》したのね！」

麻紀は、やっと男をにらむ勇気が出た。

「君が怒るのは当然だ。しかし、僕はルミを騙したわけじゃない。ルミはいい子だよ。可愛いし、僕を好きになってくれた」

「そんなこと――」

と言いかけたとき、

「前畑さん！」

という声がした。

びっくりして振り向くと、ルミが手を振りながらやって来る。

「ルミ、まだ動いちゃ――」

と言いかけたが、麻紀のことなど、もうルミの眼中になかった。

「ルミ、大丈夫かい？」

と、前畑という男は、ルミの方へ歩み寄った。

その胸に、ルミは飛び込んで、しっかりと抱きついた。

「ありがとう！　来てくれたのね」

ルミの顔には血の気が戻って、すっかり元気を取り戻しているようだった。

「――麻紀、ありがとう。もう大丈夫よ、私」

と、ルミは麻紀の方へ言った。「この人、前畑さんっていうの。ね、この人のことは誰にも言わないでね」

言えるわけがない。――麻紀は小さく肯いて、

「うん。分ってる」

と言った。「私――もう行くね」

「うん！　本当にありがとうね！」

麻紀は前畑に会釈して、バス停の方へと歩き出した。

「ね、今日、時間あるの？」

と、ルミが訊いている声が届いてくる。

ルミ！　でも、もしルミが邪魔になったら、あの男はルミを殺すかもしれない。

麻紀はバス停に向って、逃げ出すように駆け出していた。


何の邪魔も入らないことの方が、珍しいとも言えた。

一人は国会議員の秘書、もう一人は女性刑事。いつ緊急の呼び出しがかかってもおかしくない。

「たぶん、七時ごろまでは大丈夫ですよ」

と、鈴掛が言った。「車じゃないんでしょ？

もう一杯ワインを……」

「私、そんなに強くないんです」

実際、ことみは少し酔っていた。いつもより酔いが回っている。

前の晩、久しぶりで、ほぼ徹夜の張り込みをして、疲れていたせいもあるだろう。帰りに娘の有美を引き取ったものの、そのまま帰宅してすぐ寝るというわけにはいかない。

いつも通りの時間に、保育園へ連れて行かなければならない。そのまま署へ。

午後、署内の仮眠室で一時間ほど眠ったが、却って頭がボーッとしただけだった。

夕方、鈴掛から食事の誘いがあったときも、断ろうかと思った。早目に帰って寝よう。

しかし、鈴掛は、

「あんまり時間は取れないんです。七時ごろ失礼するかも。五時半ごろから、どうですか？」

と言ったのだ。

七時に出られるのなら……。ことみは、誘いを受けることにした。

あまり時間を取られない、カジュアルなビストロ風の店にしてもらった。

「疲れてるみたいですね」

と、鈴掛が言ったのは、ことみが欠伸《あくび》が出そうになるのをこらえていると気付かれたからだった。

「ごめんなさい。ゆうべ張り込みで——」

言ってはならない。途中で言葉を吞み込んだ。

「悪かったかな、誘って」

「いいえ。私が来るって決めたんですもの。お会いしてると疲れが取れるの」

「マッサージチェア並みかな」

と、鈴掛は笑って、「いや、失礼。マッサージするのは僕じゃないでしょう」

「そんな……。娘はよく寝てて私のこと、けとばしますけど、マッサージにはなりません」

食事を続けながら、ことみは鈴掛がこの間のオペラのとき、手を握って来たことを思い出していた。ことみも拒まなかった。

だからといって、いきなり親しげに振る舞ったりしない鈴掛を、ことみはありがたいと思った。

だが——いつまでこうして付合っていられるだろう？　先のことは分らないのだ。

「おっと」

ステーキを半分ほど食べたところで、鈴掛の上着の内ポケットでケータイが鳴った。

「先生からだ。——もしもし」

立ち上ろうとして、鈴掛は座り直すと、手帳を開いて、何かメモした。「——はい。承知しています。では、最終便の予約を」

一旦切ると、

「すみません。あと五分ほどで出ないと」

「どうぞ行かれて下さい。今夜は私が——」

「とんでもない！　いけませんよ」

と、鈴掛は強い口調で言って、「ちょっと飛行機の予約を」

鈴掛は立ち上って、せかせかと店の外へ出て行った。

「大変ね、秘書の仕事は」

と、ことみは呟いた。

一緒に出てもいいが、それでは却って鈴掛が気にするだろう。ことみはステーキを全部食べたが——。

立って行った拍子に、鈴掛の皿のナイフがテーブルに落ちて、開いたままの手帳に触れそうだった。ことみはそのナイフを皿の上に戻しておいた。

そのとき、開いたままの手帳に、鈴掛が書きつけた文字が目に入った。

逆さから見ていたが、大きな文字は読み取れた。

〈S・Tの件〉〈ミツコ〉。

「〈ミツコ〉って……」

あのバーのことだろうか？

林田充子が何か隠しているようだった、あのバー。姿を消した氷川杏のこと……。

〈ミツコ〉で、殺された竹内貞夫は〈鈴掛〉と会っていた……。

「え？」

ハッとした。〈S・Tの件〉。〈S・T〉は、〈竹内貞夫〉ではないだろうか？

「——失礼しました」

鈴掛が戻って来た。「大丈夫です。空港で待ち合わせることになりました」

「お忙しいのに……」

「せわしなくて、すみません。急に九州までお供することに」

「まあ、ご苦労様」

「ちゃんとステーキ食べて、体力をつけとかないとな」

冗談めかしてそう言うと、鈴掛は残っていたステーキをアッという間に平らげてしまった。

レストランを出ると、鈴掛はタクシーを停めて、

「じゃ、すみませんがお先に」

「ええ、行ってらっしゃい。気を付けて」

ことみは、鈴掛の乗ったタクシーを見送っていたが——。

すぐにやって来た空車を停めると、

「羽田空港まで」

山倉の地元に帰る時はいつもJ社の便に乗ると言っていた。ターミナルは分る。しかし、鈴掛に見られないようにしなくては……。

あの手帳の〈ミツコ〉というメモが気になっていた。話のタイミングからいって、〈ミツコ〉のママ、林田充子が一緒なのかもしれないという気がしたのだ。

充子と山倉のつながりを確かめられるのでは。――だからといって、今、何かできるわけではないが。

空港の出発ロビーで、ことみは周囲を用心しながら、福岡便の出る南ウイングの保安検査場を見て回った。

鈴掛の姿はない。出発まで、そう時間はなかった。

一足遅かったかしら？

そう思ったとき、

「おい、先に乗ってるぞ」

と、聞き覚えのある声がした。

山倉が、ケータイで話しながら、こちらへ歩いて来たのだ。相手は鈴掛だろう。

山倉がさっさと検査場へ入っていく。

鈴掛は先に着いているかと思ったのだが。

「――大丈夫か」

鈴掛がやって来た。誰かとケータイで話している。

「遅れるなよ。待っているから」

鈴掛が苛立《いらだ》ちを見せている。――待ち合せた誰かが来ていないのだろう。

時間に正確な鈴掛には、かなり苛立つ相手らしかった。聞こえないが、何かしきりに呟いている。

そして――搭乗の最終案内を告げるアナウンスが流れ出したとき、息を切らしながらやって来たのは――。

「おい、急げ！　飛行機が出る！」

鈴掛が、せかしている女――いや、女たちは、〈ミツコ〉の林田充子と、氷川杏だった。

二人とも、上品な和服姿で、仕度に手間取って遅れたのだろう。その姿は、杏も〈ミツコ〉か、それとも他の店でか、働いているのに違いないと思わせた。

「すみません、先生は——」

と言ったのは杏の方だった。

「もう中だ。さ、行くぞ」

杏が真先に検査場へ走り込んで行き、充子と鈴掛が続いた。

四人が行ってしまうと、ことみは緊張が解けて、フッと我に返った。

杏が山倉と。——そういうことになっていたのか。

ことみは刑事の身に立ち返っていた。

しかし——児玉節男が自供して、竹内貞夫殺しの一件はすでに「片付いて」しまっている。それでも、ことみは諦める気になれなかった。

「必ず突き止めるわ」

と、ことみは呟いた。

出発ロビーに、人はまばらになっていた。

13　光と影

そのキャンパスに入ると、何となく懐しい空気を感じた。

「女子校だなあ……」

と、麻紀は呟いた。

少し郊外にある〈Y女子短大〉。もともと小規模な短期大学として、都内にかなり古い校舎が建っていた。

数年前、この郊外へと移転して来た。自然の丘を活かした造りで、建物はそう何棟もないが、広々とした芝生が日射しを浴びて目にしみた。

そして、当然のことながら、女子学生ばかりが、昼休みにあちこちでグループを作っておしゃべりしている。

今麻紀の通っているK大にしても、女子学生の方がずっと多いのだが、それでも「男がいる」と、ずいぶん雰囲気が違う。

高校が女子校だった麻紀にとっては、まだこの雰囲気の方がなじんでいるのだ。

「でも——どこへ行けば？」

学内の案内図も見当らない。

すれ違いかけた女の子に、

「ごめん、ちょっと」

と、声をかけた。「図書館ってどこ？」

「え？」

と、面食らったように麻紀を見る。

「あ、私、ここの学生じゃないの」

「何だ、びっくりした」

と、その子は笑って、「図書館？　これから行くんで、一緒に？」

「ありがとう。助かるわ」

麻紀はその子と一緒に歩きながら、「一年生?」

「そうです」

「じゃ、同じだ」

「どこの大学?」

「K大よ」

「へえ! 優秀なんだ」

少しもいやみのない言い方で、麻紀は笑ってしまった。

「ピンからキリよ。——空気いいわね、ここ」

「空気がおいしくても、お腹一杯にならないし」

と、その子は肩をすくめて、「食堂が高いの! バイトしてもお昼代にも足りない」

苦情を言ってはいても、着ているものも、手にした大きめのバッグも高級品だ。かなりいい家の「お嬢様」らしい、おっとりした印象だった。

「私、工藤麻紀。あなたは——」

「英米文学一年の里見《さとみ》京子《きょうこ》。うちの図書館に何のご用で?」

「古い原書で、ここにしかないって聞いたのがあって」

「へえ。うちの図書館も結構やるもんだ」

その言い方がおかしくて、麻紀は笑ってしまった。

「そのオレンジ色の建物。何だか幼稚園みたいでしょ」

「可愛くていいじゃない。もうメールでやり取りはしてあるの」

「じゃ、入ってすぐ左に事務の窓口があるから、きっとそこで分るわ」

「ありがとう」

新しい建物だけあって、明るく日が射し込んでいる。

「すみません」

と、窓口の女性に声をかける。

必要なページのコピーを頼むことにして、申込書に記入した。

「本をお持ちしますから、そちらの椅子でお待ち下さい」

「ありがとう」

――雑誌のコーナーがあって、丸テーブルと椅子で、何人かの学生が女性誌をめくっている。

麻紀は椅子を引いてかけると、少し待った。

十分ほどで、目当ての本を持って来てくれた。

中を確認し、ページ数を申込書に記入した。

「じゃ、受付の窓口でお待ち下さい」

感じのいい対応だった。

すぐにコピーが届けられ、間違いないことを確かめて、料金を払う。

「領収証下さい」

と頼んで、窓口のカウンターに肘をのせて、事務室の中を覗いていると――。

「ね、先生、今度のコンサートには必ず来て下さいね」

と、声がした。

里見京子の声らしい。振り向くと、麻紀の後ろを入口の方へと通り過ぎて行くところだった。

――京子と、あの男が。

「お待たせしました」

と、窓口の女性が戻って来て、「おつりと領収証です。――どうかしました？」

「いえ……」

声がかすれていた。「今、ここを通ってった人……」

「ああ、英米文学の講師の前畑先生ですよ。ご存知？」

この〈Y女子短大〉の講師！

ルミから、「英米文学の先生なんだ」と聞いてはいた。しかし、でたらめを言っているのだとばかり思っていた。

本当に英米文学の「先生」だったとは！

「いえ、すみません」

やっと普通の声に戻って、「ちょっと知ってる人と似ていたので。でも人違いでした。――お手数おかけしました」

「どういたしまして。何かあればいつでも」

「ありがとうございました」

図書館を出ると、麻紀は周囲を見回した。遠くに、前畑の後ろ姿がチラッと見えたが、すぐに建物の一つに入って行った。

「――用事すんだの？」

京子がやって来て言った。

「うん。ありがとう」

麻紀はやっと笑顔になって、「急いで届けないと。それじゃ」

「ね、待って」

京子は手帳の間から名刺を出して、「手製の名刺。もし良かったらメールでも。学内コンサートがあるの。こんな遠くじゃ大変だけど、もしヒマだったら。サイトに出てる」

「ありがとう。――じゃ、また」

足早に、麻紀は〈Y女子短大〉のキャンパスを出た。

駅へ行くバスがちょうど停留所にいた。

麻紀は必死で走って、飛び込むように乗った。一秒でも早く、あの男から離れたかった。

全身から、ドッと汗がふき出した。

座席にかけても、しばらくは汗が止まらなかった。

――何てことだろう！

あの冷酷な殺人犯が、女子短大の、何も知らない女の子たちの中にいる。ルミを誘惑し、妊娠させた男が。

少し落ちついてくると、でも、向うは私に気付いていなかった、と思った。

ルミはまだ前畑と付合っているのだろう。その正体を知らずに。

でも、きっといつか知る日が来る。そのとき、前畑はルミを生かしておかないだろう。

「何とかしなきゃ……」

と呟いて、しかし麻紀はどうすればいいのか、途方にくれていた……。


捜査会議が終った時には、もう午後の三時になっていた。

西原ことみは、朝も娘の世話で食べていなかったので、昼食をとりに、署から出た。

ケータイが鳴って、

「もしもし?」

と出ると、

「久しぶりだな。ケータイの番号が変ってたら、教えてくれよ」

と、明るい男性の声がした。

「森田《もりた》さん! びっくりした」

と、ことみは言った。

「これから昼飯か? 一緒にどうだ」

「え?」

「向いの店にいる」

道を渡ったパスタの店を見上げると、ガラスの向うに、手を振っている男が見えた。

二階へ上ると、ことみは、

「地方に飛ばされたって聞いたわ」

と、森田栄二《えいじ》と向い合って座った。

「そうじゃない。新聞社は転勤がある」

〈M新聞〉の記者、森田は四十になろうかというところだった。

ことみは、パスタを頼んでおいて、

「どうしてここに？　私、スキャンダルには縁がないわよ。子供は生んだけど」

「聞いた。女の子だって？」

「まだやっと五つよ。シングルマザー」

「君らしいよ。刑事の仕事は大変だろう、子育てしながらじゃ」

「何とかやってるわ。それで……」

「いや、用というほどのことじゃないけど」

森田は先に来ていたパスタを半分ほど食べていた。「僕がオペラ好きなのは知ってるだろ」

「ああ……。そういえば、よくオペラの話、してたわね」

「東京へ戻って、オペラがまた観られるようになった。喜んで通ってるよ。今は文化面担当でね。仕事を口実にできる」

「結構ね」

「それで、見かけた。君が男とオペラを観ているところを。——よりによって、国会議員の秘書とね」

「見てたの？　声かけてくれりゃ良かったのに」

「お邪魔なようだった」

「考え過ぎよ。たまたま知り合っただけ」

「しっかり手を握り合っててもかい？」

森田の言葉に、ことみはちょっとムッとして、

「そんなこと、あなたと関係ないでしょ。プライベートに口を出さないで」

と言った。

「おやおや、これは失礼。本気なのか？　また君のことだから、捜査上の手なのかと思ってた」

森田の言葉はこたえた。ことみ自身の抱えている悩みと迷いに触れたからだ。

「別にどうってことじゃないわよ。あんまりピシャッとやっても気の毒かと思っただけ」

と、できるだけ軽い調子で言った。「そんなこ

に来たの？」

「いや、そうじゃない。もしかして——君が鈴掛にうまく転がされてるんじゃないかと心配になってね」

森田は真剣な表情になった。

ことみはパスタが来ても、口をつける気がせず、

「転がされてる？」

「怒るなよ。ただ、あの鈴掛は有名なプレイボーイだ。もちろん君もそんなことは分って付合ってるんだろうが」

森田は以前、政治部の記者で、ことみも彼からの情報に助けられたことがある。

「詳しいことは言えないけど……」

パスタを一口食べて、「——彼の親分について、ちょっと当ってるの」

「山倉か？　そいつは大胆だな」

「そう？　でも、私には関心ないみたいよ。ホステスらしい子と福岡に出かけるのを見たわ」

森田は、自分の皿を空にすると、

「——そいつはカムフラージュだな」

と言った。

「どういう意味？」

「ホステスなんかに手を出す男じゃないぜ、山倉は」

「それって……」

「山倉の奥さんは九州の地元の名士の娘だ。山倉のおかげで、奥さんの実家の財産は何倍にもなった。まあ、山の売買や建設工事の利益だが、違法とまでは言えない。うまくすれすれのところで商売してるんだ」

「地元選出の大臣となれば、そんなこと、珍しくないでしょ」

「ああ。だから奥さんも何も言わない」

少し間があった。

「――大臣に女がいる？」

「それも、ホステスなんかじゃない。山倉の好みは少女だ」

ことみは言葉を失った。――いつの間にかパスタを食べていたが、味は分らなかった。

「――確かなの？」

「地元じゃよく知られてる。もちろん、取材したって、誰もそんなことは口にしないよ。しかし、後援会長が、もっぱら相手を探してくるそうだ」

「それって――鈴掛さんの叔父ね」

「うん。だから、あの男と、あまり深い仲にならない方がいいと思ってね。いや、僕の口を出すことじゃないが」

ことみは、鈴掛の隙のないやさしさ、申し分なく紳士的な振舞が納得できた気がした。

何かのとき、刑事を恋人にしておけば利用価値がある、と思っているのか……。


「大丈夫か？」

と、森田が訊いた。「顔色が悪いよ」

「大したことないわ。転がされてたせいかも」

「じゃ、君、鈴掛と――」

「いいえ。いいえ、まだ。まだ何もない。でも、このまま行ったら分らなかった」

ことみは皿を空にすると、コーヒーを頼んだ。

「森田さん、時間ある？」

「別に急がないけど……」

「元はね、もう解決済の殺人事件なの」

森田が座り直した。

竹内貞夫が射殺された事件のことは、

「まだ東京に戻ってなかった。もちろんニュースは知ってたけどね」

と、森田は言った。

「記事にしないでね」

と、念を押して、ことみはバー〈ミツコ〉のこと、氷川杏のことなど、分っていることを話した。

「——でも、もう公式には解決済。私ができることとは限られてる」

「それは辛いね。君が勝手に動くわけにいかない」

「あの児玉は犯人じゃない。それははっきり言えるわ」

ことみはため息をついて、「それでも、勝手に捜査するわけにいかないし」

と言った。

森田は少し考えていたが、

「山倉と一緒だった杏って女のことを調べてみようか」

と言った。

「森田さん……。ありがとう。でも、仕事は大丈夫なの?」

「ちゃんと仕事はするさ。山倉に直接取材するってわけにはいかないがね」

「鈴掛とは、うまく付合っておくわ」

と、ことみは言った。「あの人のボスがセーラー服を相手にしてるなんてね。どう思ってるのかしら」

「そうじゃない」

「え?」

「そこまで行かない」

「——どういうこと?」

「山倉の好みは、十歳、十一歳か、それより下のことも……」

ことみは息を呑んだ。

しばらくして、ことみはやっと言った。

「それって——犯罪じゃないの」

森田はちょっと肩をすくめて、

「まあ、子供相手に山倉が何をしてるかは分らない。フルーツパフェでもおごって、おこづかいを持たせて帰しているのかもしれない」

「まさか……」

「もちろん、僕もそんなことだとは思わないがね。しかし、地元での山倉の力は半端じゃない。たとえ何があっても、絶対に表には出ないだろうね」

ことみは、冷めてしまったコーヒーの残りを飲んで、

「もしかしたら……」

「何か思い当ることでも？」

「バー〈ミツコ〉よ。客なんかまばらの、ちっともはやってない店だったのに、急に大金をかけて改装したわ。いえ、ほとんど建て直したと言ってもいいくらい。あのお金がどこから出たのかと思ってた」

「なるほど。山倉なら、それぐらいの金はポケットマネーで出せるだろうな」

「殺された竹内貞夫が、鈴掛広士と〈ミツコ〉で話をしてたの。それを教えてくれたのは氷川杏」

「今は山倉の『彼女役』をつとめてるのか。そうなると、決して山倉のことをしゃべったりしないだろうな」

「でも、林田充子よりは、まだ……」

「向うは君を避けるだろうな。――よし、一度〈ミツコ〉へ行ってみよう」

「ええ、よろしく」

と言ってから、「用心してよ。竹内が殺されたのが、山倉の秘密と係ってるとしたら……」

「僕も殺される？　怖いね、まあせいぜい気を付けるよ」

「冗談じゃないのよ。銃弾を三発も撃ち込まれた竹内のことを考えると……。私も気を付けるわ。有美が大きくなるまでは生きてないとね」

「お互い長生きするさ」

と、森田が言った。

ことみのケータイが鳴った。

「いけない！　課長だわ！」

出たとたん、

「おい！　いつまで休んでるんだ！　仕事は山ほどあるんだぞ！」

という怒鳴り声が飛び出して来た。

14　血の記憶

もう余裕はなくなっていた。

「今日が最後だわ……」

と、車の中でことみは呟いた。

これ以上、朝の駅での張り込みを続けるわけにはいかない。あれこれ口実をつけて、お昼ごろに出勤する機会を作ったが、これで四回目。

「仏の顔も三度」にならえば、仏ならぬ課長の不機嫌は頂点に達してしまうだろう。

できる限りのことはやった。――そう自分を慰めるしかない。

しかし、諦めてしまえば、犯人でない人間を、殺人罪で刑務所へ送ってしまうことになるのだ。

分っていて、それを見過すのは、ことみには辛いことだった。

電車が着いて、まだ若い学生たちがドッと駅から出て来る。一人一人の顔を見ていると、目が痺《しび》れてかすみ、涙が出て来た。

——もうだめか。

色々なトマトケチャップを買ってみて、一番赤い色が鮮やかに見えるのを選んだ。そして、駅の階段を下りた所に、ケチャップをこぼしておいた。もっとも、みんなが靴で踏んで行く所では、アッという間にケチャップは消えて失くなってしまうので、少し外れた辺りにこぼしておくことにした。

そして、赤さが目立つように、地面に白いハンカチを広げておいて、その上にケチャップを塗った。

まあ——よく見れば、血痕などでないことはすぐに分る。それでも万が一……。

やがて、駅から出て来る学生の数が減って来た。遅刻しそうになっているのか、駆け出して行く子もいる。

特に急いでいない子は、おそらく一限の講義に出ないのだろう。

「もう終りか……」

数人の学生が、のんびりと駅から出て来て、女の子が人目も気にせず、大欠伸をする。

そして、一人の女学生が、階段を下りかけて一旦足を止めると、ハンカチを出して、目に当てた。ゴミでも入ったのか。——しかし、すぐにハンカチをしまうと、そのまま階段を下りる。

そのとき、その女の子の目が、地面の赤いケチャップへと向いた。

女の子がハッと息を呑み、体をこわばらせるのが分った。目を見開いて、「赤い水たまり」を見つめている。

あの子だ！　——ことみはスマホで写真を撮る

と、車から降りた。

女の子は何かを振り払うように、その場から小走りに離れる。ことみは駆け出して、その子の行手を遮った。

「待って！」

と、ことみは言った。「あなたね」

「――何ですか」

と、女の子が目をそらして、「急ぐんです」

「ね、待って。私、あなたの声を憶えてる。電話をくれたのはあなたね」

「何のことだか、私――」

「竹内貞夫を撃ち殺したのは児玉じゃない、って。児玉は犯人じゃないって知らせてくれたでしょ。電話に出たのは私。お願い。話を聞かせて」

「困ります。私、これから講義に出ないと――」

「お願いよ。あなたに迷惑はかけない。でもあなたは本当の犯人を見たんでしょ？　だから児玉が犯人じゃないと言って来てくれたんだものね。ね、話を聞かせて」

「放っといて！　私、何も知りません！」

行きかけた女の子の腕を、ことみはつかんだ。

「何するんですか！」

「ここで逃げてもむだよ。あなたの写真を撮った。調べれば、あなたの名前も分る。――本当の犯人を捕まえたいの。竹内貞夫に三発も弾丸を撃ち込んだひどい奴を野放しにしたくない。あなたもそうでしょ？」

ことみは必死の思いでしゃべっていた。

脅すような言い方はしたくなかった。殺人を目撃して怯えている彼女の気持は、充分に分っていたからだ。

しかし、ここで逃げられては、という思いが、つい彼女の腕をつかむ手に力をこめさせてしまった。

「痛い！　乱暴しないで」

その言葉に、ことみはハッとした。

「ごめん。――ごめんなさい」

手を離して、ことみは言った。「痛い思いをさせるつもりはなかったの。ただ――今あなたが話してくれなかったら、もう本当の犯人は逮捕できなくなる。お願いだから、話してちょうだい」

できるだけ穏やかに言った。しかし、相手はことみと目を合わそうとしなかった。

「あなた……名前は？」

と、ことみは訊いた。

「行かないと。――大学生なんです。勉強しないと、私」

「ええ、それは分ってる。でも、話だけでもさせて。何も無理なことは言わないから」

ことみは名刺を取り出して、渡した。「西原ことみというの。このケータイへ電話してちょうだい。ね、頼むから」

名刺を受け取って、そのまま大学の方へと歩き出す。ことみには、もう止められなかった。

数歩行って止まると、彼女は振り返って、

「工藤麻紀です」

と言うと、パッと背中を向けて駆けて行ってしまった。

ことみは大きく息を吐き出した。

「きっと……かけて来てくれるわ」

と、自分へ言い聞かせるように呟く。

もう――行かなくちゃ。

ことみの方も、ここでこれ以上時間を使っていられなかったのだ。

車に戻って、ことみはひどく疲れている自分に気付いた。

それでも、あの女の子とつながったこと。少なくとも、手掛りをつかんだことには、救いを感じていた。

ただ、この先のことは分らない。

あの女の子が、たとえことみと会ってくれたとしても、あくまで、

「何も見ていない」

と言い張られたら、どうしようもない。

しかし、今はどうすることもできない。

車を出して、ことみは今日これからの予定の方に、頭を切り換えた。

気が付くと、雨が降り出している。ことみはワイパーのスイッチを入れた。


「よく降るわね」

と、もう何度かのグチで、聞いている杏の方は、返事をするのも面倒になっていた。

「明日は東京に帰るんでしょ？」

と、杏が訊くと、林田充子は、ちょっと肩をすくめた。

「そうねえ……。でも、別に帰れとも言われてないんだし。もう少しのんびりして行ってもいいんじゃない？」

と、充子は言って、畳の上に寝転がった。

「でも――お店のことが心配じゃないの？」

と、杏は言った。

杏は旅館の浴衣《ゆかた》を着て、窓側の板の間に置かれたソファに腰かけていた。

「お店はちゃんとみんなが上手くやってるわよ」

「それならいいけど……」

と、杏は欠伸して、「私、もう一度お風呂に入って来ようかな」

「行っといで。せいぜいお肌をすべすべにして、飽きられないようにするのね」

「いやなこと言って！」

杏はタオルを手に、部屋を出た。

温泉の大浴場は地階にある。スリッパをパタパタ言わせながら、杏は階段を下りて行った。

午後の大浴場は誰もいなかった。

杏は裸になると、今日すでに三回目になる温泉に身を浸した。

「ああ……」

この生活に、文句をつけようとは思わない。こうして林田充子について、温泉旅館へやって来る。

費用はすべて山倉が持ってくれる。地味な温泉町だが、国会議員、しかも今の大臣でもある山倉の地元での威光は大したもので、山倉の「同伴者」である充子と杏も、正にＶＩＰ扱い。食事も、普通の客に出すのとはまるで違う。

お湯に浸《つか》って、目を閉じる。

以前の〈ミツコ〉で働いていたときは、大した給料も出なかったし、「いつ辞めようか」とばかり考えていた。でも今は……。

〈ミツコ〉から逃げ出したものの、不景気の中、働き口もなく、仕方なく〈ミツコ〉に戻ったのだったが……。

戻ってみてびっくりした。〈ミツコ〉が全面改装していたのだ。工事は始まったばかりだったが、充子は上機嫌で、

「よく戻ったわね。これから〈ミツコ〉も忙しくなるよ」

と、杏に文句の一つも言わなかった。

一体どこからこのお金が出ているのか。――杏は訊こうとしなかった。

実際、再開した〈ミツコ〉には、客が大勢やって来た。

その内、杏にも分った。山倉が充子のスポンサーになってくれていることが。

その理由までは分らなかったが。

そして、次には「杏に山倉先生が興味を持って

いる」という話が。――それを言って来たのは、鈴掛だった。

杏も、さすがに、すぐには返事ができなかった。大臣とはいえ、愛人になって囲われる身になることには抵抗があったのだ。

でも……。

それを断ったら、おそらく〈ミツコ〉にもいられなくなる。――そう言われたわけではないが、鈴掛や充子の口調から分った。

だったら――月に一度か、せいぜい二、三度、山倉のベッドで一晩辛抱すればいいのだと自分へ言い聞かせて、承知したのだった。

ところが、初めてこの温泉にやって来た夜、杏は思ってもみないことを知る。

鈴掛が迎えに来て、杏はこの旅館の離れに連れて行かれた。秘書はこんなこともするのか、と皮肉の一つも言ってやりたかったのだが――。

案内された部屋には、立派なダブルベッド、軽い夜食に飲物……。何でも揃っていた。バスルームも。

一つだけ欠けていたのは、山倉の姿だった。

「明日の朝はゆっくり寝ていていい。起こしに来るよ」

「山倉先生は？」

「先生は来ない」

「どういうこと？」

面食らっている杏に、鈴掛は言った。

「君はここで山倉先生と一晩を過して、ゆっくり寝坊する。そういうことにするんだ」

「分らないけど……」

「先生は見たところ元気で、タフだ。女だって思いのままにできる――ように見えるだろ？　しかし、実はもう女を抱けない」

「え？」

新刊案内

2024

1月に出る本

新潮社
https://www.shinchosha.co.jp

売

ドラマ化決定！〈NHK BSプレミアム4K〉【新田次郎文学賞受賞】

広重ぶるう

梶よう子

武家の出自ながらも絵師を志し、北斎と張り合い、やがて日本を代表する〈名所絵師〉となった広重の、涙と人情と意地の人生。

120955-5 ●935円

アンソーシャルディスタンス

【谷崎潤一郎賞受賞】

金原ひとみ

整形、不倫、アルコール、激辛料理……。絶望の果てに摑んだ「希望」に縋り、疾走する女性たちの人生を描く、鮮烈な短編集。

131335-1 ●781円

川端賞受賞作「マジックミラー」併録

オーバーヒート

千葉雅也

104162-9

沈没船博士、海の底で歴史の謎を追う

山舩晃太郎

世界を股にかけての大冒険！　新進気鋭の水中考古学者による、笑いと感動の発掘エッセイ。丸山ゴンザレスさんとの対談も特別収録。

104931-1 ●649円

名前で呼ばれたこともなかったから

―奈良少年刑務所詩集―

寮美千子編

「詩」が彼らの心の扉を開いた時、出てきたのは宝石のような言葉だった。少年刑務所の受刑者が綴った奇跡の詩集、待望の第二弾！

135242-8 ●649円

「ダメ女」たちの

※表示価格は消費税（10％）を含む定価です。
ISBNの出版社コードは978-4-10です。

新潮文庫 1月29

く傑作恋愛小説　芥川賞候補作

『主婦病』著者の文庫最新刊！

母親病
森 美樹

母が急死した。有毒植物が体内から検出されたという。戸惑う娘・珠美子は、実家で若い男と出くわし……。母娘の愛憎を描く連作集。

121193-0 ●693円

夢に迷ってタクシーを呼んだ
燃え殻

いつか僕たちは必ずこの世界からいなくなる。日常を生きる心もとなさに、そっと寄り添ったエッセイ集。「巣ごもり読書日記」収録。

100353-5 ●649円

近親殺人
―家族が家族を殺すとき―

石井光太

人はなぜ最も大切なはずの家族を殺すのか。事件が起こる家庭とそうでない家庭とでは何が違うのか。7つの事件が炙り出す家族の真実。

132541-5 ●693円

フランス革命の女たち
―激動の時代を生きた11人の物語―

池田理代子

「ベルサイユのばら」著者が豊富な絵画と共に語り尽くす、マンガでは描けなかったフランス革命の女たちの激しい人生と真実の物語。

104871-0 ●825円

奇跡の料理教室

キャスリーン・フリン
村井理子［訳］

冷蔵庫の中身を変えれば、人生が変わる！　買いすぎず、たくさん作り、捨てないしあわせが見つかる傑作料理ドキュメント。

240421-8 ●880円

屍衣にポケットはない
ホレス・マッコイ
田口俊樹［訳］

ただ真実のみを追い求める記者魂――。『彼らは廃馬を撃つ』の伝説の作家が、疾駆する人間像を活写した隠れた名作がここに甦る！

240441-6 ●825円

海外名作 発掘 HIDDEN MASTERPIECES

友喰い
―鬼食役人のあやかし退治帖―

大塚已愛

富士のふもとで治安を守る山廻役人。真の任務は、山に棲むあやかしを退治すること！　人喰いと生贄の役人バディが暗躍する伝奇エンタメ。

180279-4 ●737円

新潮文庫 nex

もふもふ
―犬猫まみれの短編集―

カツセマサヒコ　山内マリコ
恩田 陸　早見和真　結城光流
三川みり　二宮敦人　朱野帰子

犬と猫、どっちが好き？　どっちも好き！　笑いあり、ホラーあり、涙あり、ミステリーあり。犬派も猫派も大満足な8つのアンソロジー。

180280-0 ●693円

新潮文庫 nex

新潮新書 1/17発売

メンタル脳
アンデシュ・ハンセン
マッツ・ヴェンブラード　久山葉子［訳］

「史上最悪のメンタル」と言われる現代人必読。脳科学による処方箋を解説した〈心の取説〉。

611024-5 ●1100円

最強の恐竜
田中康平

最強は？　最大は？　俊足は？　賢いのは？　最新研究をふまえて、若手学者が各種ナンバーワン恐竜を決定

611027-6

日本一の農業県はどこか
農業の通信簿

山口亮子

「コスパ最強の農業県」は意外な伏兵――。さまざまな指標から読み解く各県農業の真の実力。

611026-9 ●946円

テレビ局再編
根岸豊明

今から二十数年後、キー局は3つに統合される
元経営幹部が明かすテレビ界の未来図。

611025-2

完全版

正しい未来を追求する。日本人の期

創価学会

カリスマなき巨大宗教団体はどうなるか。歴史・組織・

島田裕巳 611028-3 ●880円

大楽必易 わたくしの伊福部昭伝

1954年、『ゴジラ』のテーマは日本の映画音楽に革命を起こした！ アジアと西欧を超克した作曲家の生涯を貴重な直話で辿る評伝。

■新潮クレスト・ブックス

この村にとどまる

美しい湖の底に、忘れてはいけない村の記憶がある。独伊とファシズムに翻弄された村を描く、イタリア・ストレーガ賞最終候補作。

マルコ・バルツァーノ
関口英子［訳］
590192-9
1月31日発売
●2365円

落雷はすべてキス

読む人の世界の美しさのきっかけになりたい――。祈りと予感に満ちた44編の小宇宙。言葉にならない思いが未知の扉を開く最新詩集。

最果タヒ
353812-7
1月31日発売
●1430円

劇的再建 「非合理」な決断が会社を救う

埋もれている「自社の宝」を探し出せ！ 周囲も驚く起死回生を果たした5人の社長が舞台裏を語り尽くす、血沸き肉躍るビジネス戦記。

山野千枝
355421-9
1月17日発売
●1980円

異常殺人 科学捜査官が追い詰めたシリアルキラーたち

撲殺、顔面銃撃、隠された遺体、18年もの少女監禁。「黄金州の殺人鬼」を含め数々の未解決事件を追う、執念の「未解決事件」捜査録！

ポール・ホールズ
ロビン・ギャビー・フィッシャー
濱野大道［訳］
507391-6
1月17日発売
●2860円

■新潮選書

西行 歌と旅と人生

出家の背景、秀歌の創作秘話、漂泊の旅の意味、桜への熱愛、定家や芭蕉への影響……西行研究の泰斗が、偉才の知られざる素顔に迫る。

寺澤行忠
603905-8
1月25日発売
●1760円

キリスト教美術をたのしむ 旧約聖書篇

金沢百枝
355411-0

「これは極秘だ。知っているのは僕と、ほんの何人かだ。――天下を取ろうっていう山倉先生が、女を相手にできない。こんな話が広まることは、先生のプライドが許さない。だから、こうして君をここへ連れて来た」

「でも……」

「充子も知らない。君はあくまで山倉先生とベッドを共にしたことにするんだ」

鈴掛は上着の内ポケットから封筒を取り出して、ベッドの上に投げた。

「百万、入ってる」

と、鈴掛は言った。「ここで一晩過す度に、百万が君のものだ。その代り、充子はもちろん、誰にも秘密を洩らしてはいけない。分ったか?」

杏は肯いた。他にしようがない。

「よし。まあ、TVでも見てのんびりすることだね」

鈴掛はニヤリと笑った。

杏はゾッとした。穏やかで紳士的な外見の下に、鈴掛の冷酷な本当の顔を見た気がしたのだ。

もし秘密を洩らせば――きっと私は殺される、と杏は感じた。

「まあ……私が損するわけじゃないし……」

お湯に顎《あご》まで浸って、杏は呟いた。

それ以来、この旅館か、ときには違う所で、二、三日泊る。山倉はたいてい一泊か、せいぜい二泊で帰京する。

鈴掛は約束通り、一晩過す度に百万円払ってくれた。

もちろん、こんなことはいつまでも続かないだろう。杏でない他の女を連れて来るようになる日が、きっと来る。

「いただくものはしっかりいただくわ」

と、杏は微笑んだ。

だが――楽なアルバイトだと面白がりながら、心のどこかで杏は気味の悪いものを感じていた。

朝はたいてい寝坊するが、昼食に下りて行くと、ときどき山倉と顔を合せる。他の客の目もあり、杏はちょっと会釈するくらいで、別のテーブルにつくのだが、山倉が地元の顔見知りの人々などと話しているのをチラリと眺めると――感じるのだ。

山倉が明らかにゆうべ、女を抱いた、と。そういう身にまとった空気は分るものだ。特に女の杏には。

でも、なぜ本当の愛人を隠しているのだろう? あんな金を使いながら……。

「分らないわね。金持のすることは」

と呟くと、お湯の中で、思い切り手足を伸ばした。

バタバタという音がして、杏は広く作られたガラス窓へ目をやった。――雨だ。それも、急に叩きつけるような大粒の雨が、ガラスに音をたてて当っている。

ちょっと無気味になるほどの豪雨である。

広いガラス窓の外は石垣になっていて、数メートルの高さがあるので、外からは見えない。晴れていれば、日射しも入ってくるのだが。

もう出よう。汗をかくほど入っていては、却ってくたびれてしまう。

杏はお湯から出ると、戸を開けて脱衣所に入った。――ひんやりとした空気が心地よい。

誰もいないので、ゆっくりとバスタオルで体を拭き、鏡の前でちょっとポーズなど取ってみる。

山倉と寝ていることになっているので、実際の男とはもうずいぶんごぶさたしている。

特に体の関係のある男はいなかったが、気の許せる男友達は何人かいて、その気になればホテルにも付合ってくれるだろうと思えた。

「電話でもしてみるかな……」

と、杏は思った。

そのとき——足下を揺るがすような衝撃があった。何かが壊れる音。

一瞬、地震かと思ったが、そうではない。そして、たった今出て来た温泉の方で、異様な地響きがした。

「——何よ、今の?」

あわてて下着をつけ、浴衣を着る。

廊下からの戸が開いて、旅館の男が顔を出した。

「どうしました!」

名前は知らなかったが、鈴掛が細々《こまごま》したことを任せている男で、山倉の後援会のメンバーだということだった。

おそらく、杏と山倉について、本当のことを知っているのではないかと杏は思っていた。もともと、この旅館そのものを、山倉が建てさせたということも、杏はこの男から聞いていた。

「何だか……凄い音がしたわ」

「中に誰か——」

「いえ、今は誰もいない」

男が、温泉への戸をガラッと開けると、

「ワッ!」

と、声を上げた。

「どうしたの?」

杏は駆け寄って——中を覗いて息を呑んだ。

ガラス窓を突き破って、崩れた石垣と土砂が、湯舟を埋めていた。

「まあ……。土砂崩れ?」

「えらいことだ。——危ないですよ、ここにいては」

「ええ、部屋へ戻るわ」

ほんの一、二分、長く入っていたら、もろに石垣と土砂に埋っていたかもしれない。

「警察と消防へ連絡します」

と、男は駆け出して行った。

入れ替りに、若い女性客が二人、顔を出した。

「どうかしたんですか？」

「土砂崩れで……」

「まあ！」

脱衣所へ入って来ると、中の有様を覗いて、

「凄い！」

と、スマホを取り出して、写真を撮っている。

杏は苦笑して、

「もっと崩れてくるかもしれないわよ」

と言った。「部屋へ戻った方が――」

言葉が途切れた。

あれは何だろう？　湯が混《まじ》ってどす黒い泥になって広がっている、その中に……。

石垣の石の一つかと思った。しかし――見間違いようはなかった。石ではない。

白く、丸い物が泥から顔をのぞかせていた。それは確かに――人の頭蓋骨だった。

女性客が、それに気付いて悲鳴を上げると、逃げ出した。

杏は我に返ると、

「待って！　ね、待って！」

と、その二人の後を追いかけて行った。

15　時は過ぎる

「いつも申し訳ないですから、今日は私が」

と、西原ことみは言った。

少し遅めのランチを、鈴掛と食べたところだった。

「いや、とんでもない」

と、鈴掛は伝票をつかんだ。「いつも僕の方の都合で……」

「お互いさまですよね」

と、ことみは言った。「私も、しばらくはご一緒する時間が取れそうもありません」

「事件ですか」

「次から次へと。当分は聞き込みと張り込みに追われそうです」

と、ことみはコーヒーを飲みながら言った。

「おっと、先生からだ」

ケータイが鳴って、鈴掛は、「失礼」と、席を立つと、店の入口まで行った。

「――はい、先生。今のところ変ったことは。――そうですね。ちょっと気になるのは、女刑事です。――いや、何となくこちらを避けているような気配が。――ええ、ご心配なく。何も気付いてはいませんよ。――はい、来週ですね。手配します」

通話を切ると、すぐにまた着信があった。

「――ああ、鈴掛だ。何かあったのか？」

鈴掛の顔が見る見るこわばった。

「間違いないのか！　どうして放っといたんだ！」

つい、声が高くなる。

鈴掛の大声がテーブルについていたことみの耳にも届いた。何ごとだろう？

鈴掛が戻って来た。これほど焦っている様子の彼を見るのは初めてだった。

「何かあったんですか？」

と、ことみが訊く。

「いや、大したことでは。ただ急ぐので、これで」

「ええ、どうぞ――」

とも言い終らない内、鈴掛は行ってしまった。

「よほどのことね」

と、ことみは呟いた。

鈴掛は、支払いをするはずが、伝票を忘れて行ってしまったのだ。

もちろん、ことみはウェイターを呼んで、伝票とカードを渡した。――山倉に何かあったのだろう。

でなければ、あれほどあわてはしないはずだ。

ことみのケータイがバッグの中で鳴った。周囲を見回したが、近くには客がいない。

M新聞の森田からだ。

「――もしもし」

「今、どこだ？」

森田の声も、普通ではなかった。

「レストラン。今、鈴掛が飛び立つように出て行ったわ。何かあったの？」

「ニュースが流れてる。山倉の地元の温泉で、大雨のせいで土砂崩れがあった」

「まあ」

「山倉の持ってる旅館の一部がやられたんだが、流れ込んだ土砂の中から、人の頭蓋骨が出て来た」

ことみは言葉を失った。森田は続けて、

「他の骨も。ＴＶでは、子供のものじゃないかと言ってる」

「何てこと……。もしかして……」

「今、地元の支局に、この何年かで行方不明になった子供がいないか、調べさせてる」

「それは……とんでもないことね」

「何か分ったら知らせるよ」

「よろしく」

「ああ、それから、例の杏というホステス、その旅館に泊っていたらしい」

「杏さんが？」

「しかも、頭蓋骨が見付かったとき、居合わせたらしいよ。これは噂だがね」

——通話を切ると、ことみは目を閉じた。

この出来事がどこへつながっていくか、今は見当もつかないが……。

「失礼します」

「え？」

目を開けると、ウェイターが、

「こちらにサインをお願いします」

と言った。

「どうなるんでしょうね……」

と言ってみたものの、答えを期待していたわけではない。

杏は、充子と二人、旅館の部屋から出ることもできずにいた。

土砂崩れを見付けた旅館の男から、

「お二人とも、この部屋にこもって、一歩も出るなとのことです」

と言われたのだ。

「それって、誰が——」

と、杏が言いかけると、

「ともかく、廊下へも出ないで下さい」

と、男は強い口調で言った。「食事はここへ運ばせますから」

それ以上、何も訊くな、という思いが口調に溢れていた。杏も、口をつぐむしかなかった。

男が行ってしまうと、杏は途方にくれて、

「どうなるんでしょうね」

と言ったのである。

「ともかくこの騒ぎじゃね……」

と、充子は投げやりな調子で言うと、敷いたままの布団の上にゴロリと横になった。

旅館には、地元のＴＶ局や新聞記者が続々とやって来ていた。

土砂崩れで、埋っていた白骨が出て来た。しかもその骨は子供のものらしい……。

ショッキングな出来事だし、話題になるのは当然だろう。東京からＴＶリポーターもやって来ていた。

「あ、ケータイが」

杏のケータイが鳴っていた。「――鈴掛さんだわ。――もしもし」

と出ると、いきなり、

「何かしゃべったのか！」

と、鈴掛が怒鳴ったので、杏はびっくりして、

「何のことですか？　私、何も言いませんよ」

と言い返した。「ＴＶでしゃべってる人、見たでしょ？　若い女の人で――」

「ああ、分ってる」

と、鈴掛は、少しいつもの口調に戻ると、

「すまん。つい怒鳴ったりして」

「私たちのせいじゃないんですから。部屋から一歩も出るな、って言わせたんですか？」

「先生の名前が出ると大変なんだ。分るだろう」

「ええ、それは……」

「その旅館にいたら、いずれ先生とのことが知れる。旅館は先生のものだしな」

「でも、だからといって……」

「東京へ戻ってくれ。今夜の内にそこを出るんだ」

「出るったって……。夜じゃ飛行機もないでしょ？」

「駅や空港は避けるんだ。誰と会うか分らない」

「じゃ、どうやって東京へ戻るんですか？」

「車だ」

「車？　車でずっと？」

「そうだ。今、車を手配した。夜中の十二時にはそっちへ着く。仕度をすませて待っていてくれ」

「――分りました」

「大変な目にあったな」

と、鈴掛は穏やかな口調になった。「車で東京までは疲れるだろうが、辛抱してくれ。先生のためだ」

「分りました」

と、杏は言って、通話を切った。

充子は杏の話を聞くと、

「いやだね。車に長く乗ってると、腰が痛くなるんだよ」

と、顔をしかめた。

「でも、仕方ないでしょ」

「そうね。――出る前に何か食べないとね」

と、充子は欠伸をしながら言った。

そして――夜中、十二時になる少し前に、部屋の電話が鳴った。

あの旅館の男の声で、

「車が着きました」

「じゃ、今出ます」

「いや、部屋にいて下さい」

「え？　どうして？」

「玄関から出ると、目につきます。今、そっちへ行きますから」

すぐに男は二人の部屋へやって来ると、

「裏口から出ます。ついて来て下さい」

余計なことはひと言も言わずに、薄暗くなった廊下を先に立って行った。

従業員用の出入口から外へ出ると、黒いワゴン車が停まっていた。

「大きいね」

と、充子がホッとしたように、「これなら横になって行けるわね」

スーツケースを積んでくれたドライバーは、大柄な、がっしりした体つきの男だった。

「すぐ出る」

とだけ言って、運転席へ。

「途中、トイレに寄ってね」

と、充子が声をかけたが、答えはなく、車は走り出した。

杏のケータイに、鈴掛からかかって来た。


「今、出発したところです」

と、杏が言うと、

「誰にも見られなかったか?」

「ええ。そう思いますけど……」

「大分かかるから、途中、サービスエリアに寄ることもあるだろうが、できるだけ人目につかないようにしてくれ。いいね」

「分りました」

と、杏は言った。「東京に着いたら、どうすれば?」

「ホテルの部屋を取ってある。都内に入ったら、僕に電話してくれ」

——車は、真暗な夜道を、かなりのスピードで走っていた。

夜中でもあり、二人はじきに眠ってしまった。

目がさめると、もう三時間近く走っていた。

「——ね、ちょっとトイレに行きたいの」

と、充子が言った。

「もう少しでサービスエリアだ」

と、ぶっきら棒な返事だった。

十五分ほどでサービスエリアに入る。――二人はワゴン車を降りて、こわばった体を伸ばした。

トイレに行ってから、杏は温かいココアを買って、ベンチで飲んだ。

「充子さんは？」

「私はいいよ。またトイレに行きたくなっちゃうからね」

充子は、並んでベンチにかけると、「――杏ちゃん」

「はい」

「すまないわね」

充子の言葉に、杏は戸惑った。

「何ですか？　どうして私に……」

「あんたにも分ってるでしょ」

と、充子は淡々と言った。「こんなことに巻き込んじゃって……。〈ミツコ〉の改築のお金は、山倉先生から出てるのよ」

「そうですか……」

「山倉先生は、あんたに手も触れてないだろ？」

杏はびっくりして、

「知ってたの？」

「ええ。もちろん、知らないことにはなってたさ。でも、旅館の仲居さんたちとおしゃべりしてるとね、色んなことが分ってくる……」

「でも……お金をもらってますから、私は別に……」

「口止め料ね。でも用心しないと。ひと言でも口を滑らしたら……。あの鈴掛ってのは怖い男だよ」

「何を考えてるか分らない人ですね。でも、何だか妙だなって。――山倉先生は本当に女が抱けないんですかね」

充子は杏をじっと見て、

「そう聞いたの？　そうよね。でも、あの先生は……」

「何だか、まだまだギラギラして見えますよね。誰か、他にばれちゃまずい女の人がいるんじゃないかって。それとも——男ですか？」

杏はふと思い付いて言った。充子は、口の端に、ちょっと笑みを浮かべて、

「そんなことなら、こうもピリピリしてないわよ」

「それじゃ——」

と言いかけたとき、ドライバーがやって来て、

「出るぞ」

と言った。

「はいはい」

充子はベンチから立って、「もう一度トイレに行っときたいの。すぐだから」

「早くしろ。車で待ってる」

ドライバーが車の方へ戻って行く。

特に行きたかったわけではないが、杏も充子についてトイレに入った。

「杏ちゃん」

充子は用を足すでもなく、洗面台の前で足を止めると、「聞いて。——東京に着いたら、ホテルに一旦入って、夜中に出た方がいいよ」

と言った。

「え？　どういうこと？」

「あんたも見たんでしょ、子供の頭蓋骨を」

「ええ」

「山倉先生のお相手は子供なの」

杏は言葉を失った。充子は続けて、

「極秘にしても、知ってる人はいる。噂も広まるわ」

「充子さん……。じゃ、あの白骨は……」

「それ以上は知っちゃだめよ。何も知らないことにするの。分るわね？」

「何も……言えません」

杏の声が震えた。

「さあ、車へ。——怪しまれるといけないわ」

二人は、足早に表に出て、ワゴン車へと急いだ。


何か怖い夢を見た。

それだけははっきりしていた。——杏は恐怖に震えて目が覚めた。

汗をかいている。リクライニングを一杯に倒した座席で、眠っていたのだ。

隣では、同じようにして、充子が寝息をたてていた。

杏は欠伸をしたが……。

「え？　ここ……」


車は停まっていた。そして、窓の外へ目をやったが、何も見えない。

ここはどこだろう？

「ねえ——」

と、声をかけようとして、杏は運転席が空なのに気付いた。

どうなってるんだろう？　東京に向う途中なら、国道かどこか——。ともかく車の通る道のはずだ。

でも、外は何も見えない。

頭を振り、目をこすってから窓に顔を近付けると……。木々が重なっている。

どこかの山の中？　でも、どうしてこんな所を通るんだろう？

不安になった杏は、いびきをかいている充子の体を揺さぶって、

「充子さん。——起きて」

「うん……」

呻くような声を出して、充子は、「どうしたの？」

と、舌足らずな声で言った。

「何だか変よ。ドライバーもいないし」

「立小便でもしてるんでしょ」

と言って大欠伸する。

「でも、ここは高速でも国道でもない。山の中みたい」

「どうしてそんな所に――」

そのとき、ワゴン車に何かがぶつかって大きく揺れた。杏はびっくりして、

「何なの！　これって――」

ワゴン車が動いている。前に進んでいるのだ。しかし、それは――。

車の後方を振り返って、杏は息を呑んだ。大型の四輪駆動の車が、ワゴン車を後ろから押しているのだ。


その運転席に、あのドライバーの顔が見えた。

「車が押されてる！」

と、杏が叫んだ。

そして、ガクンと大きくひと揺れすると、ワゴン車は前のめりに走り出した。斜面をどんどん加速しながら下り続けている。

「充子さん！」

「車から出て！　早く！」

しかし、その余裕はなかった。

突然、ワゴン車は空中へ投げ出された。一瞬、宙に浮いているようだったが、次の瞬間、車は水の中に突っ込んでいた。

16　迷路

どうして私が……。

大学近くのカフェで、工藤麻紀はじっと冷め切ったカフェオレの表面を眺めていた。

私は何をしたわけでもない。人を傷つけたわけでも、悪口を言ったわけでもない。

それなのに、どうしてこんなに悩まなくてはいけないのだろう？

テーブルに置いたケータイを見る。

ああ。もう午後の講義が始まっている。

でも――出席すれば、ルミと顔を合わせることになるのだ。彼氏と付合って、幸せ一杯のルミと。

その彼の正体を知っていながら、麻紀は口をつぐんでいる。ルミの明るい表情を、真直ぐに見ていられないのだ。

「どうしよう……」

と呟く。

あの女性刑事、西原ことみに連絡すべきだろう。

しかし、会って何と話せばいいのか？

するべきことは分っている。

西原ことみに、

「竹内っていう人を殺したのは、前畑っていう、〈Y女子短大〉の講師です」

と言うのだ。

そうすれば、ことみは前畑を逮捕してくれる。

それで正義は果たされる。

でも――ルミはどうなる？　前畑を本気で愛しているのだ。

「いいえ」

と、麻紀は呟いた。

本気で愛しているのは、ルミの方だけで、相手の前畑はルミを利用して、麻紀の口を封じているのだ。いずれ、ルミも本当のことを知るだろう。

いや……。その前に、ルミは殺されるかもしれない。ルミが真実を知ったら、前畑が生かしてはおかないだろう。

ルミのためにも、あの女性刑事に話をしなければ……。

テーブルの上でケータイが鳴った。ルミからだ。

一瞬、迷ったが、出た。

「――もしもし、ルミ?」

「麻紀、どうしたの?　午前中、いなかったでしょ」

「ちょっと……風邪気味なの。大したことないけど」

「じゃ、無理しない方がいいね。午後のフランス語、休講だよ。私ももう帰るところ」

「そうなんだ。良かった」

「じゃあ、またね」

「ルミ――」

弾む声。ルミはこれから前畑と会うのかもしれない。麻紀が言いかける間もなく切ってしまった。

「どうしよう……」

迷いは一向に晴れなかった。

麻紀が考えていたことは、半《なか》ば当っていた。ルミは前畑と会っていた。違っていたのは、もうすでに前畑とホテルに入っていたということだった。

「電話かい?」

バスルームから、シャワーを浴びて出て来た前畑が、バスローブをはおって言った。

「うん。麻紀にね。今日大学に来てなかったから」

先にシャワーを浴びていたルミは、ベッドに入って待っていた。

休講で、たまたま空いた時間。連絡してみると、前畑の方も午後は用がないという。

思いがけず会える機会。それはルミをいつも以上に幸せな気持にした。

もちろん、またあんなことにならないように、充分気を付けている。前畑の方でも、気をつかってくれていた。

「麻紀君か。この間の子だね」

と、前畑は言った。

「そう。親友よ。何があっても、麻紀は信じられる」

「そういう友達がいるのは羨しいね」

「でも……このところ、ちょっと変なの」

と、ルミは言った。

「どんな風に?」

「めったにサボる子じゃなかったのに、ちょくちょく休んでて。私の考え過ぎかな。——私と顔合わせるのを避けてるみたい」

「まあ、麻紀君にだって色々悩みはあるさ」

と言って、前畑はベッドへ入って来た。

「そうよね」

ルミは前畑の腕に身を委ねたが、「——今、麻紀にかけたら、風邪気味だとか言ってたけど、音楽の流れてるのが聞こえてた。どこかのティールームにでもいるんだ、きっと」

「なるほど」

「今度、ゆっくり話してみよう。——ね、強く抱いて」

ルミがせがんだとき、ケータイの鳴る音がした。

「あなたの?」

「うん、そうだ。ちょっと出ないと……」

前畑はベッドから出て、上着のポケットからケータイを取り出した。

「——はい、どうも」

前畑はルミの方へ、「仕事の話だ。ちょっとバスルームに」

「うん、どうぞ」

大人なんだ。大学生には分らない話もあるだろう……。

「——女と一緒なもので」

バスルームに入ってドアを閉めると、前畑は言った。「もう大丈夫です」

「呑気なことをしてる場合じゃないぞ」

と、相手が言った。「ニュースを見てないのか?」

「もちろん知ってます。土砂崩れのことですね」

「少しでも、あそこからたぐれそうな糸は切っておくんだ。竹内の方は大丈夫だろうな?」

「あれはもう犯人が挙ってますすよ」

「分ってる。しかし、奴には竹内を殺す理由がないだろう。そこを怪しまれると、まずいことになるかもしれない」

「それはそうですが」

「いいか。一か所でも穴が開けば、ダムだって壊れる。先手先手で、問題を潰しておくんだ」

「承知しています」

「いつでも動けるように用意しておけ。いずれ指示がある」

「分りました」

——前畑は通話を切ると、まだ少し湯気でくもった鏡の中の自分を眺めた。

ルミが、麻紀の様子がおかしいと言っているのが気になった。もしかして、前畑を見たと警察へ言おうかと悩んでいるのか。

それなら、何としても止めなくては。

本当なら、あのときに殺していたはずなのだ。

あのまま口をつぐんでいてくれると期待したのが

甘かった、と言われればその通りだ。

ルミの身を心配していれば、結局証言すると決断することになるだろう。――待ってはいられない。

「可哀そうだが……」

と、前畑は呟いた。

ベッドに戻ると、前畑は、

「すまない」

と言って、ルミを抱いた。

「いいの？　仕事の話？」

「色々付合があってね。君が気にする必要はないよ」

「うん。――こうしていれば、何も気にならない」

ルミは自分から前畑にキスして行った……。

「やっぱり話しておいた方がいいかもしれないな」

ホテルを出る身仕度をして、前畑が言った。

「――何の話？」

ルミは心から満足して、そのほてりが頬をまだ赤く染めていた。ベッドにかけると、

「何でも言って。私と別れるって話以外ならね」

と言ってから、「――まさか。そうじゃないよね」

と、真顔になる。

「そうじゃない」

と、前畑は微笑んで言ったが、「しかし、そういう結果になるかもしれない」

「どういうことなの？」

「これは……君には言いにくいことなんだ。君の大切な友人についての話だから」

ルミはちょっと目を見開いて、

「大切な友人って……。麻紀のこと？」

「そうなんだ」

と、前畑は難しい顔になって、「君は怒るかもしれない。僕が嘘をついてると思って——」

「あなたを信じてる。分ってるでしょ」

と、ルミは言った。「麻紀がどうしたっていうの？」

「実は……。僕が私立の女子短大に勤めていることは知ってるね」

「ええ、もちろん」

「その短大に、手紙が届いた。——僕が、女子大生の十代の女の子と関係を持っている、という内容だった」

「まさか……」

「そうなんだ」

と、前畑は肯いて、「手紙を出したのは工藤麻紀君だった」

「そんなこと……」

「彼女の気持も分る。大人の僕が、十代の女の子をもてあそんでいると思っても無理はない」

「でも、私、ちゃんと話したわ！　あなたとは真剣な付合だって」

「もちろんそうだろう。だが現実に、短大への手紙では、僕のような人間が女子短大にいることはとても危険だと訴えている」

「麻紀が……。私、直接会って話すわ」

ルミは怒りのにじむ声で言った。

「一応、今のところ短大から辞めてくれとは言って来ていない。だが、何といっても私立校だ。理事会や父母会で取り上げられたら、何もなしではすまないだろう」

「許せない！　麻紀だけは分ってくれてると思ってたのに」

「その手紙には、君が子供を堕《お》ろしたことは書かれていない。しかし、もし短大側が僕に何の処分もしなければ、当然その事実も知らせてくるだろう。そして、たぶんご両親のところにも……」

　ルミは固く唇を結んで、じっと考えていたが、やがて口を開いて、

「妬《や》いてるんだわ」

　と言った。「そうよ。あの子は男をまだ知らない。キスだってしたことないの。私に嫉妬してるのよ」

「そう言っちゃ可哀そうだ。彼女は彼女なりに、君が傷つくのを心配しているんだと思うよ」

「そんなこと――」

「落ちついて。君と麻紀君が話しても、冷静な話し合いにはならないだろう」

　と、前畑は言って、少し考えていたが、「ここは僕が彼女に会って、本当のことをじっくり話して分ってもらうしかないと思う。だが、僕が呼び出しても、大人の男と二人きりで会うのは拒否するだろう」

　前畑はベッドにルミと並んでかけると、

「どうだろう。君が何か適当な口実をつけて、麻紀君をどこかに呼び出してくれないか。僕が代りに行って、二人きりで話してみる」

「私も一緒に行くわ！」

「いや、それはいけない。君が感情的になってしまったら、麻紀君はますます僕が君のことを操《あやつ》っていると思うだろう」

「でも……。いいわ、あなたがその方がいいって言うのなら」

　と、ルミは渋々肯いた。

「それなら早い方がいいだろう。麻紀君は、まだ手紙が問題になっていることを知らないだろうから、君はいつも通りの調子でメールで誘ってみてくれないか」

「ええ、いいわ。大学で出た課題についての資料

を渡す、と言ってやれば信じると思う」

「それがいい。いつも待ち合わせる所があるだろうが、人が大勢いる所で、深刻な話はしにくいね」

「そうね……。それじゃ、大学の裏手にある公園は？　今は雨さえ降らなきゃ、ベンチでゆっくり話せるわ。お昼休みにときどき行ってるの」

「ああ、それがいい。じゃ、メールを送ってみてくれるか？　明日の三時ということで」

「うん、余計なことは書かないわ」

ルミが麻紀へメールを送ると、ほとんど即座に、

〈OK。悪いね〉

と返信が来た。

「じゃ、後は僕に任せてくれ」

と、前畑は言った。「大丈夫。ちゃんと落ちついて話をするよ」

「でも……。私、どこかで待ってるわ。いいでしょ？」

と、ルミは言った。

「ああ、安心して待っててくれ。麻紀君もきっと分ってくれるさ」

前畑はそう言って、ルミの肩を抱いた。


「何しろ、十七、八時間もトラックを走らせてたんだ。くたびれちまってさ、もうこのままじゃ、居眠り運転で事故るな、と思ったから、道の端に寄せて、ひと眠りしたんだ」

そのドライバーは、まだ寝足りないようで、大欠伸すると、「夜中に、でかいタンクローリーが何台もそばを駆け抜けてさ、目が覚めちまった。一旦、トラックから降りて、湖の方を眺めてたんだ。そうしたら——向う岸で何かが落下して、水しぶきが上ったんだよ。何だろう、って思ったけど、何しろ湖の向う側だから、遠いし、夜のこと

で、はっきり何か見えたわけじゃない。それでトラックに戻って、もう一度眠った。目が覚めると、もうすっかり明るくなってて、焦ったよ。定刻までに先方へ着かないと大変だ。――さて、行こう、と思ったとき、思い出した。夜中に、湖の向う側で何かが落ちたってことを」

――西原ことみは、パソコンの画面ごしに、そのドライバーの話を聞いていた。ドライバーは続けて、

「もしかしたら、夢を見たのかな、と思ったけど、湖の向う側へ目をやると、崖の上の方の木がいくつかなぎ倒されてるのが見えてね。やっぱりあれは本当だったんだと思って、それから一一〇番に通報したってわけさ」

「――ありがとう」

と、ことみは言った。「警察の者と替って下さい」

画面に刑事が顔を出して、

「お聞きの通りでしてね。こちらもすぐに現場を調べて、確かに車が湖へ落下したらしいと分りました。ただ、あの湖の底は泥が深くて、車が泥に沈んでしまったら、どうしようもない。それで、幸いすぐ潜水夫の手配がついたので、潜らせました」

「それで……」

「車は半分泥に沈んでいましたが、スライドドアが開いていて、中から女性の遺体を引張り出せたんです。そして、その女性のものと思われるバッグも。その中に、西原さんの名刺が入っていたので、女性の身許が分るかと思い……」

ことみは堅い表情で、

「亡くなった方の顔を見せて下さい」

と言った。

「分りました」

数秒後、画面に死体の顔が出て、ことみは深く息をついた。

「――ご存じですか?」

「はい。林田充子さん。〈ミツコ〉というバーのマダムです」

と、ことみは言った。「車の中には、その人だけでしたか」

「それは分りません。落ちたとき、車から投げ出されたかも。潜水夫が見たときは、一人しか――」

「というと、運転席には?」

「それが奇妙です。運転席のドアは閉っていましたが、誰も座っていなかったんです」

「そうですか。林田さんのお店の方へ連絡を入れて、どうするか相談します」

「よろしく」

「ありがとうございました」


――ことみは動悸が治まるまで、少し目を閉じていなければならなかった。

林田充子は殺されたのだ。車ごと湖へ落とされたのだろう。

でも――杏は? 氷川杏はどうしたのだろう。

杏のケータイも通じなかった。もしかすると、同じ車に乗っていて、車の外に……。

生きてはいないだろう、と直感的に思った。

山倉大臣の地元で見付かった白骨。そこに杏が居合わせたという……。

「――工藤麻紀だわ」

何としても、あの子の口から本当のことを聞かなくては。

ことみは席を立った。

17　死の気配

「お前、まだあの事件を調べてたのか」

　ことみの話を聞いた上司のひと言が、これだった。

　ことみは、失望というより、愕然として言葉が出なかった。

「担当しろと言った件はどうなったんだ。命令が聞けないのか」

「それは――」

　と言いかけて、何とか平静を保とうと努力しつつ、「竹内さんが射殺されたのを見ていた子がいるんです。連絡も取れます。児玉の犯行じゃないんです」

　つい、前のめりになった。

「本人が犯行を認めてるんだぞ」

「初めは否定していました」

「だから何だ。誰だって最初から吐きやしない」

「お願いです。目撃者の女子大生の話を聞いて下さい。その上で、どんな処分も受けます」

　必死の思いだった。――林田充子の死、そして氷川杏の命もどうなっているのか分らない。もちろん、ことみは、その出来事も説明した。

　しかし、それは逆効果だった。「山倉」の名前が出たことで、上司はさらにことみの話をはねつけたのだ。

　ことみは、山倉が「子供を相手にしている」ことまでは口にしなかった。ただ、竹内が山倉の後援会長と会っていたことだけを説明した。

「それがどうした。犯行の動機は何だ？」

「それはこれから――」

「いい加減にしろ！」

怒鳴ったあげく、上司はそのまま出かけてしまった。

——覚悟しなければ。

たとえクビになっても、やれるところまでやるのだ。

席に戻ると、調べておいた工藤麻紀のケータイへ電話を入れた。

電源が入っていないようだった。——大学で講義中なのだろうか。

時計を見た。午後二時半だった。


どうして、わざわざ裏手の公園で？

工藤麻紀は、ルミからのメールに、すぐＯＫの返事を出したのだったが……。

そのときは何とも思わなかったが、後になって、妙だなと思った。

麻紀も毎日大学を休んでいるわけではない。講義でルミと一緒になることも多いのだから、教室で資料を受け取ればすむことだ。

それでも——ルミには、二人きりで、周りに人のいない所で会いたい理由があるのかもしれない、と麻紀は思い直した。それに、本当なら麻紀の方にもルミに言わなければならないことがあるのだ。

「どうしよう……」

迷いながら、その午後、大学へやって来た麻紀は、約束の三時まで少し間があったので、学食で軽く昼食をとった。

「——そうだ」

ケータイの電源を切ったままでいたことを思い出し、ルミから何か言って来ていないか確かめようと電源を入れた。

ハッとした。あの刑事——西原ことみから何度かかかって来ている。

ケータイ番号は教えていなかったが、警察なのだから、調べるのは簡単だろう。麻紀も西原ことみを登録しておいた。いずれ話さなければならないと思っていたからだ。

でも——今日でなくても、三時にルミと会って、どういう話になるか、その後でもいい。

ルミからメールは入っていなかった。

二時四十分になっていた。少し早く行っていよう。麻紀はトレイを戻して学食を出た。

「あ、麻紀」

同じ高校からこの大学へ入った子とバッタリ会った。

「元気？」

二言、三言、話してから、

「それじゃ」

と行きかけて、麻紀はふと振り返り、

「ね、ルミと同じ講義を取ってたよね。今日、会った？」

と訊いた。

「ルミ？　講義は休んでたけど」

「そう」

「でも、今会ったよ。ここへ来る途中で」

では、ルミも公園に向っているのだ。——しかし、その友人は、

「図書館に行くところだったよ」

と付け加えたのである。

「図書館？」

裏手の公園とは反対の方向だ。「本当に？」

「うん。図書館で時間潰すんだ、って言ってたよ」

時間を潰す？　——ルミは約束を忘れたのだろうか？

麻紀はルミのケータイへかけてみたが、図書館では電源を切らなければならないのだった。

でも——まだ三時まで十五分ある。

外へ出て歩きながら、麻紀は何かすっきりしない気持だった。

ケータイが鳴った。――あの刑事、西原ことみからだ。

麻紀は足を止め、少し迷ったが、出て、

「――もしもし」

と、呟くような声を出した。

「工藤麻紀さんね？　良かった！」

「あの……」

「あなたの話を聞きたいの。はっきり言うけど、今聞かないと、手遅れになる」

「どういう意味ですか？」

「あなたが見た、竹内貞夫さんだけじゃない。他にも殺された人がいるの。竹内さんの事件と係りがある女の人が殺された。ね、これはとても複雑な事件なの。あなたの身にも危険が及ぶかもしれない」

「刑事さん……」

「もうゆっくりしてはいられない。お願い。あなたの見たことを話して」

――午後三時。裏手の公園。待っているはずのルミはいない……。

麻紀の顔から血の気がひいた。

「あの……」

「ええ、どうしたの？」

「たぶん……これから会うことになってます」

「誰と？」

「あの男の人を撃った……前畑という男です」

「会う、って……。そんなことだめよ！」

「たぶん、三時に大学の裏手の公園で、私を待ってます」

「前畑と言った？　あなた、知ってるのね？」

「向うも私を」

「待って！　K大に今いるの？　すぐ駆けつける

から、会っちゃだめよ！」

「でも、もう十分もないですけど……」

「どこかに――大学の中なら、人が大勢いるでしょ。ともかく人のいる所に身を隠して」

ことみの声は切迫していた。「今すぐ出るから。いいわね！」


三時になって、二分が過ぎた。

もう待ってはいられない。――ルミは図書館を出ると、すぐにケータイの電源を入れた。

電話も、メールも来ていない。

麻紀は、あの公園で前畑と会っているのだろうか？　二人で、どんな話をしているのか。

「まだ……三分しかたってない」

焦ってもしょうがない。前畑に任せておけば大丈夫。

自分にそう言い聞かせるのだが、五分を過ぎると、もう辛抱し切れなくなった。

ルミは裏手の公園の方へと歩き出した。そのとき、ケータイが鳴った。

「もしもし、前畑さん？」

「麻紀君から何か言って来たかい？　まだ現われないんだ」

「いいえ、何も」

「じゃ、もう少し待ってみよう。まだ七、八分の遅れだ」

「でも――。連絡してみるわ」

「いや、それはやめた方がいい。君がここで待ってることになってるんだからね」

「そうだけど……」

「大丈夫。僕に任せて」

「ええ」

切れた。――足を止めて、ルミは迷った。

麻紀は前畑のことを嫌っているのだ。ルミが来ていなくて、前畑一人が待っているのを見たら、騙されたと思うかもしれない。前畑の話を、冷静に聞いてくれるとは思えない。

「――そうよ」

私の口から、はっきり言ってやらなくちゃ！

ルミは再び歩き出した。

あれはルミだろうか？

近くの講義棟の入口に立っていた麻紀は、キャンパスを足早に横切って行くルミを見付けていた。

あの公園に行くつもりだ。でも――前畑は麻紀を、を待っている。

そして――何が起ろうとしているのか？

「ルミ……」

友人を危ない目にあわせたくない。

麻紀は駆け出して、ルミの後を追った。

本当にやって来るのか。

何か怪しんでいるのではないか。――前畑は少し苛立っていた。

いつもなら、引金を引くときでさえ冷静でいられるのに、前畑は今自分が、これまでになく追い詰められていることを感じていた。

厄介なのは、それが単に「殺人者」としての仕事の上だけの問題ではないことだった。

自分の身を守るためだ。仕方ないのだ。

そう頭では納得しても、前畑の中には割り切れない思いが残った。

あの少女を殺す。まだ十代の娘を殺すのだ。

前畑は、ルミの相手が誰なのかを知ったとき、恐怖だけでなく、激しい怒りを見せた麻紀の勇気に感心していた。友情が大事とはいえ、目の前で人を撃ち殺した男に、怒りをぶつけるなど、簡単なことではない。

真直ぐに前畑を見つめた、麻紀の視線。

今、それを閉ざさなければならない。永遠に。

だが——麻紀はやって来るのか。

前畑が待っているのは、約束した公園の中ではなかった。車の運転席だ。

麻紀は五十メートル先を横切って、公園へ入って行くことになる。この道は、ほとんど車も通らない。こうして二十分近く車を停めていても、通った車は二台だけだ。

ここから一気に加速して、麻紀をはねる。警察が事故と見てくれるかどうかは分らないが、拳銃で殺すよりはましだろう。——まし？　何が、誰にとってましなのか？

前畑は双眼鏡を目に当てた。

大学の敷地を出て来る所が、車からもよく見える。そこから、この道を渡るまで、二十メートルほど。車を動かすのに充分な余裕がある。

大学の方から急ぎ足で出て来る姿があった。双眼鏡で見て、前畑は舌打ちした。——ルミだ。

我慢し切れなくて、来てしまったのだろう。だが——ルミを追って、麻紀が小走りに出て来た。

この道の手前で、ルミを呼び止めている。

何を言っているのかは聞こえないが、ルミが怒っているのが分る。

察しはついた。麻紀が、前畑の正体をルミに告げたのだ。しかし、もちろんルミがそんな途方もない話を信じるわけはない。

激しく言い争っている二人。

時間がない！　前畑は双眼鏡を傍に置くと、車を進ませた。

少しずつ加速して——二人が公園へと向うのが見えた。

スピードを上げた。二人は道を渡ろうとしたが、車に気付いて足を止めた。

前畑はブレーキを踏んで、車をゆっくりと進めた。ルミと麻紀は、車が停まってくれると思って渡り始める。

二人が正面に来たとき、アクセルを踏んで一気に突っ込むのだ。ルミも一緒に。

前畑はその瞬間に——。

動きが止まった。ルミと麻紀も、道を渡りかけて足を止めた。

サイレンだ。——パトカーのサイレンが近付いて来た。前畑の車の背後から聞こえてくる。

一瞬の停止。——機会を失ったことを、前畑は悟った。

二人の少女は道を渡り終えた。

「終りだ」

と、前畑は呟いて、車を出した。

麻紀が車の方を振り返って見ていた。

目が合った。外は明るいので、車の中をはっきり見ることはできまいが、それでも麻紀が前畑を見分けたことは分った。

車を一気に加速させる。——サイレンは後方へ遠ざかって行った。

「無事だったのね！　良かった！」

駆けつけて来た西原ことみが、息を弾ませて言った。

「刑事さん」

と、麻紀は言った。「西原さん、あの男は車で……」

ことみは肯いて、

「パトカーの警官から聞いたわ。フルスピードで逃げた車があった、って」

と言った。「私がどんなに急いでも間に合わない。だから、一番近くにいるパトカーに、サイレンを鳴らして、この公園に向わせたの」

ルミは、青ざめて、こわばった表情で、じっと正面を見つめていた。

「高倉ルミさんね。——麻紀さんから事情は聞いてる」

と、ことみは言った。「辛いでしょう。でも、あなたも命を狙われていたのよ」

「——私、信じない」

と、ルミは強い口調で言った。

「信じたくない気持は分るわ。今は無理に信じろとは言わない。でも、事実は変えられない」

「ルミ……」

と、麻紀は言った。「私の目の前で、人が撃たれて死んだの。撃ったのは前畑さんだった。本当よ」

「〈Y女子短大〉に連絡して、前畑の身許や住いを調べてもらってる。おそらく、もうどこかへ逃亡してるでしょうけど、今なら発見できるかもしれない。——麻紀さん、一緒に来てくれる?」

「ええ」

「ルミさんも。一応話を聞かなくてはならないの」

「何も言うことなんかないわ。もし、あの人が私を殺すって言うのなら、私、喜んで殺される」

「ルミ、やめて」

と、麻紀が思わずルミの肩に手をかけると、

「触らないで!」

と、ルミは麻紀の手を払いのけた。「もう友達でも何でもない! 二度と声かけないで!」

叩きつけるようなルミの言葉に、麻紀は呆然と立ちすくんだ。

そしてルミは大学の方へと走るように行ってしまった。

「——大丈夫よ」

と、ことみは麻紀に言った。「今は、何を言っ

てるのか、自分でも分っていないんだわ」

「でも……」

麻紀はハンカチを取り出して涙を拭った。

「あなたの話だと、前畑はあなたとルミさん、二人とも車でひき殺すつもりだったんでしょう。無事で良かった。――ルミさんも落ちついたら分ってくれるわ」

麻紀は、じっとルミの行った方へと涙をためた目を向けていた。

18 身替り

「大丈夫か」

ことみと会うなり、森田が言った。

「そんなにひどい顔してる、私？」

ことみは何とか笑顔を作って見せた。

「参ってるのが、ひと目で分るよ」

「お腹が空いてるせいだわ」

ことみは、ちょっと肩をすくめて、「何か食べましょう」

静かなレストランだが、ここのランチタイムは、中年の女性たちのグループで一杯だ。

当然、会話は盛り上り、にぎやかになる。

「――何か分ったのか？」

と、食事しながら、森田が訊く。

「ほとんど何も分らないってことが分ったわ」

と、ことみは食事の皿に目を落としながら言った。

「暗殺犯は……」

「前畑郁郎。〈Y女子短大〉の英米文学講師」

「行方をくらましてるんだろ？」

「それだけじゃないの。前畑って名前も嘘だった」

「何だって？」

「短大の方では、国立大学の名誉教授から前畑を紹介されて、優秀な教師だというので喜んで雇った。でも、今回問い合わせてみると、その名誉教授は前畑という男のことは全く知らなかったの。偽の推薦話と紹介状で、短大の方はすっかり信用してしまったのね」

「しかし、講義はしてたんだろ？」

「ええ。——講義もちゃんとして、学生たちにも人気があったそうよ」

「インテリの殺し屋か」

「本当の名前も、どこへ行ったかも分らない。でも、工藤麻紀さんの証言があるから」

「目撃者か」

「ええ。幸い、短大に提出された書類に、前畑と名のってた男の写真があったし、学生たちも、この魅力的な『先生』の写真をスマホで撮っていたの。名前も素性も分らないけど、麻紀さんが間違いなくそれが殺人犯だと証言してくれた」

「顔写真が出回ることになるんだな」

と、森田が言った。

「そうなんだけど……」

と、ことみが口ごもる。

「どうしたんだ？」

「思い出すのも辛いけど」

と、ことみは息をついて、「結局、児玉節男は犯人じゃなかったわけね。拳銃の不法所持とかはあるけど、一応釈放されたのよ。でも、その件に関しては、記者会見も公式見解もなし。夜中に釈放して、『余計なことをしゃべるな』って、釘を刺されてたわ」

「要するに、警察の恥をさらしたってわけか」

「私がね。上司も同僚も、『よくやった』なんて言ってくれる人は一人もいない。『俺たちに恥かかせやがって！』って、面と向って言われたわ」

「ひどい話だな、それは」

「麻紀さんも、お友達のことや、殺されかけた恐怖で、ひどい目にあっているのに、『ご苦労さん』のひと言もなくて……。『週刊誌とかにしゃべるなよ』って、叱られるように言われて、涙ぐんで帰ったわ」

「可哀そうに」

「後を追いかけて、慰めとお詫びを言いたかったけど、出る前に呼び止められて、『情報を洩らすなよ』って言い含められた」

「なるほど。しかし、もうその殺し屋にとっちゃ、君やその女子大生を狙っても意味がなくなったわけだな」

「ええ、その点はね。でも問題はこれからだわ」

「例のバー〈ミツコ〉のマダムのことか」

「たまたま見付かったけど、あのまま湖底の泥に埋っていたら、って思うとゾッとするわ」

「もう一人の――」

「氷川杏さん。どこへ行ったのか、それとも湖の底に……」

ことみは言いかけて、やめた。「――ともかく、これ以上犠牲者を出したくない」

「全くだな」

と、森田は肯いた。「――おい、ケータイが」

「ええ、切っとけば良かった」

ことみはケータイを取り出して、「鈴掛からだわ」

「出た方がいい」

「ええ。ちょっとごめんなさい」

急いで席を立つと、ことみはレストランの外に出て、

「はい、西原です」

「鈴掛です。どうしてますか?」

以前の通りの、穏やかな口調だった。

「ええ、何とか」

ことみは答えにならない言い方をして、「お忙しかったでしょう」

「お察し下さい」

と、鈴掛は冗談めいた口調で言った。「それで、少し時間をいただきたいんですが。お話ししたいこともあって」

「はあ。ただ、私どもも色々大変で……」

「分ります。あの殺人事件で、本当の犯人が……」

「これから、捜索することになりますので」

「ご苦労様です。ただ、そちらにとっても、決して損になる話ではありません。ぜひ、十分でも十五分でもいい。お会いできれば」

口調はやさしいが、譲らないという思いが伝わって来た。

「分りました。ではいつ?」

「今夜でも? 遅くならないようにします」

「分りました」

「有美ちゃんを待たせないようにしますよ」

なぜ鈴掛が唐突に娘のことを言い出したのか、ことみは当惑したが、何も言わない内に、鈴掛が、

「七時に、Mホテルで」

と言って、切ってしまった。

何の話があるのか。——不安を抱えながら、ことみはレストランの中へ戻った。

「今夜、鈴掛と会うわ」

と、ことみが言うと、森田は即座に、

「僕も一緒に」

と言った。

「だめよ」

「しかし、相手は鈴掛だ。君一人で会うのは危ない」

「用心してるわよ、大丈夫」

いささか確信のない声だった。

「場所は？」

「Mホテル、七時」

「よし、ともかく近くにいるようにするよ。何かのときは連絡を。ケータイを鳴らすだけでもいい」

「ありがとう」

孤立している身には、森田の言葉はありがたかった。

「こんなときだから、何もしないと思うけどね」

と、ことみは言った。

ケータイにニュースが着信。見れば、あの幻の〈前畑郁郎〉の写真が出ていた。

「これだけはっきりした写真があれば、じき捕まるだろう」

と、森田は言った。

「あるいは消されるか、ね」

と、ことみは言った。「海の底で見付かるなんてことになってほしくない」

「頭のいい奴らしいじゃないか。きっとうまく逃げてるさ」

「ね、九州の土砂崩れと白骨死体は、どうなってるの？　山倉大臣の名前は出ている？」

「いや、どこも小さな扱いだ」

「やっぱりそうなのね」

と、ことみは嘆息した。「ワイドショーも、二、三日は騒いでたけど……」

「パタッと取り上げなくなったろ？　圧力がかかったのさ」

「現地で行方不明になった子とか……」

「問い合せても、『プライバシーに係る』と言って教えてくれないそうだよ」

「ひどい話ね。ＤＮＡ鑑定すれば、どの子か分るでしょ」

「山倉の方も必死だろ。金のやり取りとはわけが違う」

「そうよね。――やっぱり、前畑だわ。いえ、前畑と名のってた男。誰の依頼で竹内を殺したのかしゃべってくれれば……」

「竹内が鈴掛の叔父と話してたってことは、竹内が何かをつかんでたってことだろうな」

「でも、〈ミツコ〉のマダムは、その事実も知らないと言ってたけど、口止め料が、あのバーの改装ね」

「しかし、マダムが死んじゃ、閉店だな」

「見に行ってみるわ」

と、ことみは立ち上って、「お店に、何か置いてたかもしれない」

「張り切るね」

森田は苦笑して、「じゃ、付合うよ」と、伝票をつかんだ。


「余計なことをして！」

母の口から、その言葉が出たとき、麻紀は血の気のひく思いがした。

つい、母をにらんでしまっていたのだろう。

「お母さん、あんたのことを心配して言ってるのが分んないの？」

と、母、咲代は厳しく言った。

「まあ待て」

と、父、工藤拓也がなだめるように、「麻紀としては、黙ってるわけにはいかなかったんだ」

「それは分るけど……」

咲代は不服そうだったが、それ以上は何も言わずに、台所へ立って行った。

もう夕飯の時間を過ぎていた。

「腹が減ったな」

と、父親に肩を叩かれ、麻紀は少し気が楽になった。

「部屋に行ってる」

と、麻紀は立ち上って、二階へと駆け上った。

自分の部屋に入ると、ベッドに横になった。

――母が不機嫌なのも分る。母は麻紀が悪いわけじゃないことだって分っているのだ。

ただ、「どうして、よりによってうちの子が、そんな所に居合わせなきゃいけなかったの？」と腹を立てているのだ。

でも――もういい。もう終ったんだ。


TVでは、あの前畑――偽名だったそうだが――の写真がいくつも流されている。

殺人を目撃した麻紀の名前などは伏せられているが、〈Y女子短大〉の講師だった、ということは報道されているので、TV局は専《もっぱ》らそこの短大生の女の子たちにインタビューしていた。

スマホに、「前畑先生」とツーショットを撮っていた子もいて、あちこちのワイドショーに出ていた。

そのおかげで、あの男と係った麻紀とルミが話題にされずにすんでいた。もし、前畑の子を堕ろしていたなどと知れたら、ルミは大変なことになるだろう。

「ルミ……」

あれきり、メールも何も来ない。――麻紀を恨むのは筋違いだと分っていても、やはり警察に話したというだけで、麻紀を許せないのだ。

ケータイが鳴って、ハッとした。ルミだろうか？

しかし、知らない番号からだった。ためらいながら出ると、

「あの……工藤麻紀さんですか？」

と、女性の声。

「そうですが……」

「あの——ありがとうございました！」

「え？」

「私、児玉節男の家内です」

児玉……。そうか。

竹内貞夫を殺したとされていた男だ。

「おかげで、主人が無実と分って、本当にありがとうございました」

「いえ、別に……」

「子供と二人で、いっそ死のうかと思ってました。あなたが本当の犯人を……」

「たまたまのことで。それに——しばらく黙っていて、すみません」

麻紀はつい謝っていた。

嬉しさに涙ぐんでいるような児玉の妻の電話に、麻紀は少し心が晴れた。だが最後に、

「この電話番号がよく……」

「警察の方が教えてくれました」

「そうですか。あの——」

「もちろん、番号はもう消去しておきます。ただひと言お礼をと」

「どうも……」

麻紀は、自分の証言が、あの西原ことみ以外の刑事には歓迎されていないことを感じていた。だから、このケータイの番号を簡単に教えてしまったのだろう。

いずれ、名前や大学名も特定されるかもしれない。——そう思うと、また気が重くなってしまう。

「ご飯よ」

と、母の声がすると、麻紀は、少し無理をして、

「はい！」

と、大きな声で返事をした。

そして、階段を下りて行きながら、

「そうか」

と呟いた。

ケータイを買い替えよう。番号も変える。

あの「前畑」も、麻紀のケータイ番号を知っている。連絡してくることはないだろうが、変更するに越したことはない……。

食卓につくと、

「お腹ぺこぺこ！」

と、麻紀は言った。「ご飯大盛りにして！」

もう友達でも何でもない！

そう言って絶交したものの……。

ルミも、麻紀と同じ十八歳だ。少々情ないことではあったが、お腹が空いていた。

しかし、ルミは母親に、

「ご飯、まだ？」

と、声をかけることができなかった。

たぶん――いや、きっと母はちゃんと夕食の仕度をして、呼んでくれるだろう。しかし、多少遅れたからといって、ルミは何も言えなかった。

あの男――前畑と名のっていた男との関係を、すべて家でも話さなければならなかったからだ。

もちろん、冷静に状況を説明してくれたのは、あの西原ことみという刑事だったが、ルミが妊娠し、中絶までしていたことは、当然、両親にとっては単にショックと言うようなものではなかった。

殴られたりはしなかったが、話しかけてもくれず、目も合わせてくれないのは、もっと辛かった。

ルミは――麻紀と同様に自分の部屋のベッドに横になっていた。

大学の裏手で起きた騒ぎは、当然学内で話題になっており、さらに前畑の写真がＴＶに出たことで、ルミと一緒のところを見ていた子から、話は広まって行った。

「――何がいけないのよ」

天井に向って、ルミは呟いた。――私は、一人の男を愛した。それだけよ。

ルミ自身はどう思っていようと、「殺人犯の愛人」と見られるのは避けられない。

でも――どうなんだろう？

あの刑事の言ったように、前畑はルミのことも、車でひき殺すつもりだったのか。

「そんな……」

そんなはずはない。彼の腕に抱かれているときの、あの燃え上るようなひとときあれが嘘だったとは、とても思えない。

思い出すと、体が熱くなるのが分る。――あの人のものだった、この体が。

そのとき、ケータイが鳴った。

一瞬身をすくめた。――こわごわ手に取ると、知らない番号からだ。

「――もしもし」

と出てみたが、向うは黙っている。

直感した。あの人だ！　あの人だ！

「前畑さん、前畑さんでしょ？」

ベッドに起き上って言った。「何か言って！」

「ルミ……。すまない」

その声に、ルミは震えた。

「前畑さん！」

「いや……。君ももう知ってるね。何もかも嘘だったこと」

「それは……ニュースで、名前が違うこととか……」

「それだけじゃない。君の友達が話したように、僕は人殺しだ」

「ええ……。聞いた」

「それだけじゃない。僕は――」

「車でひき殺そうとしたのね。麻紀も私も」

少し間があって、

「――そのつもりだった。たぶん、あのときパトカーのサイレンを聞いていなかったら、アクセルを踏んでただろう。だけど――信じてくれとは言わない。あのとき、僕はしくじってホッとした。逃げながら、やらなくて良かった、と思ったよ」

ルミは押し殺した声で、

「信じたいけど……」

と言った。

「こんな電話をかけるのはひどいことだと分ってる。今さら君に謝っても、どうにもならない。ただ――そうだな。どうして電話してるんだろう。このケータイは、人のバッグから盗んだものなんだ。何をするにしても、一つ持っていた方が便利だしね」

「私の番号、憶えてたの？」

「もちろんだ。自分のケータイは、あの後、すぐ壊して捨てた。追跡されるからね。でも、このケータイを手にしたとき、つい君の番号を押していたんだ」

「前畑さん……」

「もうかけないよ。だが――君のことは忘れない。本当だ。正直言って、僕も色んな女と出会って来た。しかし、君のような子は初めてだ」

嘘だ、嘘だ。出まかせを言って、私のこと、騙そうとしてるんだ。

「すまなかった。他に言いようがないけど。早く立ち直ってくれ。それじゃ」

「待って！　切らないで！」

と、ルミは叫んでいた。

19　消滅

「どうなってるの？」

　問いかけたわけではなかった。

　一緒に来た森田にも答えられるわけはない。思わずことみの口をついて出た言葉だった。

「――参ったな」

　と、森田も意味のない言葉を口にした。

　そこには、改装したばかりのバー〈ミツコ〉があるはずだった。しかし――今、そこにあるのは、取り壊されたあとの瓦礫の山だった。

　ロープが張り巡らされて、〈立入禁止〉の札が下っている。

　足を止めて、その光景を眺めている女性たちがいた。近所の奥さんたちだろう。

「あの……」

　と、ことみはその一人に声をかけた。「ここにあったバーはどうなったんでしょう」

「びっくりですよ」

　と、目を見開いて、「ゆうべ、アッという間に。ブルドーザーだか何だか、二、三台やって来たと思ったら、騒音も埃《ほこり》もお構いなしで、ガンガン壊し始めてね。――だって、ついこの間、できたばっかりなのに」

「ええ、私も前のお店から知ってました。誰が取り壊したとか、言ってましたか？」

「いいえ、何も。夜だったんで、『うるさいじゃないか』って、文句をつけた近所のお年寄もいましたけどね。でもひと言も返事してくれなかったって」

「そうですか……。お店の人とか……」

「さあね。今日は誰も見てない。たぶん知らされてたんじゃない?」

「そうですね。どうも……」

ことみは森田のそばへ戻ると、「信じられないわ」

と言った。

「強引だな。林田充子が何か見られてまずい物を持ってたのか。それにしても……。こいつは無茶だ」

「でも、あの白骨が見付かったこととつなげて考える人はいないでしょうね」

「二つを結ぶのは、充子と氷川杏だ。山倉と氷川杏の係りを、もみ消したいんだろう」

「こんなやり方がまかり通るなんて。――やっぱり、背後に大きな力を持った誰かがいるのよ」

「それが山倉だとしても、報道するメディアはないだろうな」

ことみはフッと思い出した。

今夜、七時に会うことになったとき鈴掛が言ったことを。

「有美ちゃんを待たせないように」

と、鈴掛は言った。

なぜわざわざ有美の名前を出したのか?

ことみは青ざめた。――まさか!

「森田さん、私……」

と言ったきり、言葉が出て来ない。

「どうしたんだ? ――おい、青ざめてるじゃないか」

「あの子が――」

「え?」

「有美よ。私の子の有美」

「有美ちゃんがどうかしたのか?」

「鈴掛が――」

今夜会う約束をしたとき、鈴掛がわざわざ有美のことを持ち出したのは何だったのか。

「君の子に手を出すなんて、そこまではやらないだろう」

「でも、それならどうして有美の名を――」

「大丈夫だと思うが、用心に越したことはない」

と、森田は言った。

「私、保育園に行くわ」

と、ことみは言って、駆け出した。

「後で連絡してくれ」

という森田の声は、もうことみには届いていなかった……。


カチャリと鍵が音をたてて回る。

その小気味のいい音が、佐伯芳子は気に入っていた。――これは「私の音」なんだ。

銀座のバー〈R〉の入口の鍵を開けるのにも、ずいぶん慣れた。

思いがけず、〈R〉を任されて、今でもどういうことなのかよく分らなかったが、ともかく常連客も増えて、店は順調だった。

オーナーの松田涼子も満足してくれているようで、今は〈R〉の様子を見に来ることも少なくなった。

店に入ると、グラスがちゃんときれいに洗ってあるか、明るい照明の下でチェックする。

カウンターもつややかに光っている。

もともときれい好きで、旅館の仲居としても、その点は買われていた。

ケータイが鳴った。

「――もしもし、母さん」

息子の竜夫からだ。

「竜夫、どうしたの?」

「うん、今日ね、正式に採用されたんだ」

「良かったわね! 育代さんに知らせてあげたの?」

「まだこれから。母さんに真先にと思ってさ」

「私はいいから、育代さんに知らせてあげなさい」

「これから電話するよ。母さん、今夜は少し早く帰れない？」

「どうかしら……。どうして？」

「お祝いの食事をしようと思って。遅くなると和志が眠っちまうだろ」

「そうね。どんなに早くても九時は過ぎるし……。いいわ。それじゃ、お店が混み始める前に、一度戻るわ。食事して、もう一度お店に出る」

「大丈夫なの？」

「早い時間は、お客も少ないし、若い子たちに任せても平気よ。じゃ——六時半にしましょ。いつもの焼肉？」

「いいね。思い切り食べてやる」

竜夫が母を誘ってくるのは、もちろん一緒に食事するのが楽しいからでもあるだろうが、半分は「支払い」を芳子に任せられるという事情もある。

でも、もちろん、そんなことは言わない。

ぶらぶらして、一歩間違えれば悪い仲間に引きずり込まれるところだったが、芳子がこうして息子一家の生活を支えていることで、地道な仕事を探すようになった。

「——じゃ、六時半にね」

と、芳子はケータイを切って、ホッとしていた。

育代も今は和志の面倒をみていられるので、落ちついている。

むろん、気にはなる。誰から来たのかよく分らない五百万円のおかげも大きかったからだ。

あれは何だったのか。

元の夫、竹内貞夫の死の真相も気にはなったが、今、ともかく芳子は仕事に打ち込める幸せを味わっていた。

芳子はグラスにウイスキーを少し注いで、一息で飲んだ。

「じゃ、サヨちゃん、お願いね」

と言って、芳子はカウンターの中にいる若い子に手を振った。

「はい、ママ、行ってらっしゃい。大丈夫ですよ。ごゆっくり」

「ありがとう」

芳子は微笑んで、店の中をチラッと見回してから〈R〉を出た。

芳子は、ついくせでタクシーに乗りそうになったが、

「お店の用事じゃないのよ」

と、自分に言い聞かせて、地下鉄の駅の降り口へと足を向けた。

「焼肉か……」

着物に匂いがつくかとも思ったが、アパートに戻って着替えている余裕はない。

今の焼肉のお店は、昔ほど煙を出さないようになっている。子供もいるから、そう長い時間食べはしないだろうし……。

芳子は地下鉄の駅へと入って行った。

勤め人の帰宅時で、地下鉄は割合混んでいる。着物姿の芳子は車両の中でも目立っていた……。


「おめでとう！」

芳子はウーロン茶の入ったグラスを手にして言った。

「どうも」

竜夫が珍しく照れている。

「真面目に働くのよ」

と、芳子は言った。「まず、朝早く起きるのに慣れなきゃね」

「大丈夫です。叩き起こしますから」

と、育代が言った。

「怖いな」

竜夫がビールを飲みながら言った。

「本当はあんたもウーロン茶よ」

「いいじゃないか。でも、今日は食べる方に集中する」

お肉の皿が来ると、早速焼き始める。ジューッという音を聞くと、五歳の和志も手を叩いて、

「僕もうんと食べる！」

と、宣言した。

「どんどん大きくなるんだから」

と、育代が笑って言った。

「母さんも食べなよ」

「いいわよ、のんびりやるから」

と言いつつ、芳子が一枚肉を焼いている間に、皿は早くも空になりつつあった。

「――お店の方は大丈夫なんですか？」

と、育代が訊いた。

「ええ。まだ時間が早いし、それにサヨちゃんっていう子が、まだ二十七、八だけど、とてもしっかりしてるの。任せて来たから」

「二十八なら私と同じですね。私はどうもお客の相手は苦手で」

「向き不向きってことがあるわよ。サヨちゃんはお客の顔をよく憶えるの」

と、芳子は言った。

「肉の追加だ！」

と、竜夫が張り切って言った。


広い通りでタクシーを降りると、芳子は〈R〉の入ったビルの通りへと角を曲った。

目に入ったのは――救急車の赤いランプだった。

何だろう？　車の事故か、それとも酔った客が転んで頭を打ったか……。

うちのビルの前だ！　そして救急車のそばに立っているのは〈R〉の女の子だった。

芳子は人の流れをかき分けて、

「ちょっとすみません。――ごめんなさい」

「あ、ママ！」

入ったばかりの女の子だった。

「どうしたの？　何があったの？」

「サヨさんが……」

と言いかけて泣き出してしまう。

芳子はビルへ駆け込んだ。エレベーターで上って行く間に、血の気がひいて来た。

何かとんでもないことが起ったのだ。

〈R〉の前に制服の警官が立っていた。

「入らないで下さい」

と止められたが、

「ここの者です」

芳子の声を聞いて、

「ママ！　サヨさんが……」

と、泣きじゃくる子たち。

――芳子は、床に倒れているサヨを見て、愕然とした。ほの暗い照明にも、胸を染める血と、黒い穴が見えていた。

「――何があったの？」

かすれた声で訊く。

「男の人が……。お客かと思ったの。そして、『ママは誰だ？』って訊いた。サヨさんが、『私ですけど』って答えたら、男がいきなりピストルでサヨさんを……」

泣きながら、途切れ途切れに話す店の子の肩に手をかけて、芳子は思わず目をつぶった。

私のせいだ！　――狙われたのは、きっと私だった。

犯人は、「ここのママを殺せ」とだけ言われて来たのだろう。まさか、芳子が店を空けているとは思わなかった……。

何か——。何とかしなければ。

私が殺される。これが人違いだと知れるのは時間の問題だ。

深く息をついて、何とか冷静さを取り戻すと、芳子はケータイを取り出した。

あの刑事さん。何ていったろう?

西原……。そう。西原ことみさんだ。

芳子は警察の人間で一杯になってしまった〈R〉から出ると、西原ことみのケータイへとかけた。

それは幸運だった。

七時にMホテル、という約束を、鈴掛の方で、「遅れる」と言って来たのだ。

ことみは有美を保育園から連れ出し、親しい友人の所に預けることができた。

鈴掛にとっては、まず山倉に言いつけられたことが第一になる。それがことみに味方した。

八時過ぎにMホテルに着いたものの、鈴掛はまだロビーにいなかった。フロントに伝言もない。

森田に電話してみると、

「今、急な閣議が開かれているらしい」

と教えてくれた。

鈴掛は、そのせいで動けないのだろう。

しかし、フロントで、鈴掛がホテルの部屋を取っていることが分った。おそらく、ことみを部屋へ呼ぶつもりなのだ。

部屋で二人きりになったら、どんなことになるか分らない。

ことみはロビーのソファにかけて待った。そこへ、佐伯芳子から電話がかかって来たのだ。

「佐伯芳子です」

何かあったのだ。その声を聞いただけで、分った。

「芳子さん――」

「殺されるところでした」

と、芳子は言った。「でも、代りに店の子が……」

「どうしたんです?」

芳子が事情を説明した。――ことみは唇をかんだ。

また人が死んだ。もしかすると、あの殺人者――前畑と名のっていた男の犯行かもしれない。職業的な殺人者。

薄暗いバーの中で、顔を充分に確かめられなかったのか……。

「聞いて下さい」

と、芳子は言った。「誰かが私を利用しようとしてるんです」

「利用?」

芳子は、五百万の金、そして突然〈R〉を任されたことをことみに話した。

「裏に何かあったことは間違いありません」

と、芳子は言った。「でも、ついその状況に甘えてしまったんです」

「分ります」

「それで――気になってたことが。山倉の持ってる旅館の土砂崩れのことです。人の骨が――子供の骨が出て来たとニュースで見ました。本当ですか」

「ええ。事実です。でも報道にストップがかかっていて」

「私の所に、竹内から荷物が。それが女の子の服だったんです」

ことみは愕然として、

「詳しく聞かせて下さい」

と、抑えた声で言った。

芳子が、旅館を辞めるときに受け取った荷物のことを話すと、ことみは体がカッと熱くなるのを感じた。

「その服は……」

「私のアパートにあります」

「見せて下さい！　いえ、私がお預りします。その方が安全でしょう」

「そうして下さい。私も怖くて……」

ことみは、今芳子が事件の現場にいると聞いて、

「じゃ、現場の刑事に替って下さい」

と言った。

緊急の用があるので、芳子を帰宅させてくれるよう頼んだのだ。

「――芳子さん、それじゃすぐアパートへ向いますから」

「はい、私も」

ことみはホテルを出ようと歩き出した。


そのとき、正面玄関から鈴掛の入って来るのが見えた。

鈴掛がフロントへと向う。――ことみは、駆け出してホテルを出ると、客を降ろしたタクシーに素早く乗り込んだ。

フロント係は、ことみがロビーにいたことを知っているから、鈴掛にそう告げるだろう。

ことみはケータイの電源を切った。ことみの姿が見えなければ、鈴掛は当然ケータイへかけてくる。

ともかく今は――。今は佐伯芳子のアパートへと急ぐのだ。

ことみの心臓は、苦しいほどの強さで打ち続けていた。

20　誓い

できる限り静かに、玄関のドアを閉める。

息を殺して、そっと閉めても、完全ではない。

ルミは、ドアがカチャリと音をたてるのを唇をかんで聞いた。

大丈夫だ。たぶん、こんな小さな音は――。

ルミは玄関から離れた。しかし、十メートルも行かない内に、

「ルミ！」

と、母親の鋭い声が飛んで来た。「どこに行くの！」

ルミは走り出した。

「待ちなさい！　ルミ！」

母で良かった。追って来ても追いつけまい。父だったら分らなかった。

夜の道を、ルミは必死で走った。

「タクシーを使わないで」

と、あの人は言った。「手配されたら、すぐに見付かる」

ルミはしばらく走って、足を止めた。もう走れない！

振り向いたが、幸い追って来てはいないようだ。

地下鉄はもう終電が近かった。

財布とケータイは持って来ている。――もし、家から警察へ連絡が行ったとしても、手配には時間がかかるだろう。

いや、きっと警察へは連絡していない、とルミは思っていた。

前畑と名のっていた男との関係、しかも男の子供を中絶していたこと――。大学には知られている。

これ以上何かあれば、ルミはもう大学にも家にも戻れなくなるだろう。

ケータイに着信があった。――ルミは足を止めた。麻紀からだ。

「もしもし」

と、声をひそめて出ると、

「ルミ？　今どこなの？」

麻紀の切迫した声が伝わって来た。

「外よ」

と、当り前のことを言って、「嘘じゃないよ」と笑った。

「ルミ。――お母さんから連絡があった」

と、麻紀は言った。「前畑に会いに行くの？　本当に？」

「うん」

と、ルミははっきり言った。

「だって――私たちをひき殺そうとしたんだよ！」

「知ってる。でも、それでもいいの。あの人が会いたがってる」

「何が目的か分らないよ。ルミのこと、人質にして逃げるつもりかも」

「それでもいいよ」

「ルミ……」

麻紀は力なく、「もう……何を言ってもむだだね」

「そうね。でも、私、殺されるとは思ってないから。あの人に別れを言うだけ。あの人もそう言っていた」

ルミは地下鉄の駅の階段を下って行った。

「彼のこと、信じてるんだ、ルミ」

と、麻紀が言った。

「信じてるんじゃない。愛してるの」

と、ルミは言った。「だから、行く」

少し間を置いて、麻紀が言った。

「もう言わないよ。何も。ルミ、そんなに愛せるなんて、羨しい」

「じゃあね、麻紀」

汗を拭きながら、ルミは通話を切った。

むろん、ルミも、家へは無事に帰りたいのだ。

しかし、やはり彼が『ついて来てくれ』と言ったら……。どうするか、自分でも分らなかった。

ルミは地下鉄に乗って、名前も知らない彼の所へと向った。


ことみは、佐伯芳子のアパートが近くなると、ケータイの電源を入れた。

鈴掛から何度かかかって来ている。さぞ苛々していることだろう。

しかし、今、ことみは事件の重大な鍵を手に入れようとしている。鈴掛のことは二の次になっていたのだ。

また鈴掛からかかって来た。

「――西原です」

「どこにいるんです？　約束は守っていただかないと――」

怒りを何とか抑えている様子だ。

「すみません。突然事件で呼び出されたんです」

と、ことみは言った。「私も警察の一員ですので、上司の指示には従わないと。連絡したかったんですが、凶悪犯を追っているので、その余裕がなかったんです。着信音で気付かれるといけないので、ケータイも切っていました」

淀みなくしゃべったので、鈴掛も怒るわけにいかなくなったようだ。

「それは――ご苦労様です」

と、面白くなさそうに言った。

「まだ、どれくらいかかるか分りませんので、申し訳ありませんが」

「いや、お仕事なら仕方がない。私の方も、急ぐ用ではあるのですが……。では明日、どこかでお会いできれば」

「改めてご連絡します」

通話を切って、ことみはちょっと胸がスッとした。

いつも自分の予定に他人が合わせて当り前と思っている鈴掛を「振って」やった。

芳子のアパートが見えて来た。

「その先で」

と、ドライバーに言って、ことみはアパートの前にタクシーが停まっているのを見た。

芳子が降りて来る。ことみは自分もタクシーを降りると、

「芳子さん!」

と呼んで手を振った。


「ちょうど一緒だったんですね」

と、芳子もホッとした様子で、「今開けます」

タクシーを待たせておいて、ことみは芳子の部屋へ入ると、きれいに片付けられているのに感心した。

「待って下さいね」

コートを脱いで、芳子は押入れを開けると、中から布団や毛布などを取り出して、畳の上に置いた。

布団袋があって、それを開くと、余分の布団がしまわれている。

芳子はその布団の中へ手を差し込むと、中から黒いビニール袋を引張り出した。

「ここへしまっておいたんです」

と、ビニール袋の結んだ口を開く。

ことみは息をつめて、取り出される女の子の服を眺めた。

「本当に小さい子のですね。三、四歳かしら」

と、ことみは言った。

「見て下さい。下着まで」

「ええ……」

ことみは女の子のパンツを手に取った。「これは、もしかして……」

「女の子が着ていたのを、そのまま取ってあったんですね。洗ってもいない」

「ＤＮＡが調べられるわ、きっと」

と、ことみは言った。「これ、全部お預りして行っても？」

「もちろんです！　ことみさんにお渡しできれば、それで安心できます」

「確かに預りました」

と、ことみは言った。「でも――バーで殺人があったということは、人違いと知れたら、芳子さんがまた狙われるかもしれませんよ」

「分っています。――でも、ここから動くわけには……。上は息子たちの住いです。ですから……」

「そこにいたらどうですか」

「いえ、息子たちに危険が及ぶのは避けたいのです」

「分りました」

芳子の心配ももっともだった。しかし、バーでの事件に関しては、捜査されることになるだろう。

「じゃ、ともかく今夜だけ、私の所へ来て下さい」

「まあ。でも……」

「ひと晩だけなら大丈夫でしょう。明日からどうするかは、また相談しましょう」

「ではよろしく。――私、バーへ戻らないといけませんね」

「一緒に行きます。じゃ、この服を一旦家に置いてから……」

と言ったとき、ケータイが鳴った。「麻紀さんだわ。――もしもし？」

「工藤麻紀です」

「何かあったの？」

「あの――ルミが。高倉ルミが、あ、あ、あの男に会いに行ったんです」

「あの男って――前畑のこと？　会いに行った？」

「止めたんですけど、ルミはあの男について行くつもりかもしれません」

「殺されかけたのに……。どこへ行くとか――」

「分らないんです。きっと指示されてるんだと思いますけど」

今は捜しようがない。

「もし、ルミさんから連絡があったら教えて」

「分りました」

一途に思い詰めているルミの気持を考えると、ことみの胸も痛んだ。

しかし、この女の子の服が、山倉につながるとすれば、――あの殺人者を雇っていたのも山倉だったかもしれない。

ことみは芳子と共にアパートを出て、待たせておいたタクシーで一緒に自宅へと向って行った……。


その小さな駅で降りると、ルミは改札口を出て左右を見渡した。

終電から降りたのはルミ一人だった。私鉄の無人駅だ。

駅前には小さな商店が何軒かあったが、当然もう閉めている。

確か、ここに来いってことだったけど……。

ルミはちょっと不安になって暗い駅前で立っていた。すると――車のライトがいきなりルミを照らし出した。

まぶしさに目を細くすると、車から出て来て手を振る前畑の姿が見えて、ルミは駆け寄った。前畑が言った。

「来てくれたんだね」

「来ないと思った？」

「いや、止められてるだろうと思った」

「こっそり出て来たのよ。前畑さん——。あ、名前は違うんだったよね」

「いいさ。今さら別の名で呼ばれてもね。前畑と呼んでくれ」

ルミを助手席に乗せると、前畑は車を暗い道へと走らせた。

「今、なかなか私を呼ぼうとしなかったのは、私が裏切ってるかと思ったから？　図星でしょ」

と、ルミは、以前付合っていたころのように、あえて気軽な口調で言った。

「そうだ。君がゾロゾロと警官を引き連れて降りて来るかと思ってね」

「信じてなかったんだ」

「そうじゃない。しかし手配中の人間としては、安全第一だからね」

と、前畑は言った。

「——どこに行くの？」

と、ルミは前畑の横顔を見ながら訊いた。

前畑の表情には、追い詰められている焦りは感じられなかった。

「この先に、大分さびれてるけど、一応温泉旅館がある。少しのんびりしたいんだが、どうだい？」

「私はいいけど……」

「長くは引き止めないよ。それに必ず無事に帰すから、安心しててくれ。信じてもらえないかもしれないが」

「私は信じてる」

と、ルミはためらわず言った。

前畑はチラッとルミを見たが、何も言わなかった。思い詰めたような雰囲気を感じさせない視線だった。

どこか「力の抜けた」静けさのような気配がある。――ルミは直感した。

この人は死ぬつもりだ。


「女って奴は！」

その言い方で、鈴掛には山倉が誰のことを言っているのか分かった。

「大分手間取りましたね」

と、鈴掛は言った。「お食事は――」

「ああ、思い切りワインが飲みたい。適当に決めろ」

「かしこまりました」

こうなると思って、山倉の行きつけのイタリアンの店に連絡してある。本当ならとっくに閉っている時間だが、山倉と同郷のオーナーの店で、山倉も出資しているから、時間外でも開けざるを得ない。

車で十五分ほどの所だが、その間、山倉はずっと文句を言い続けていた。鈴掛としては話しておかなければならないことが色々あるのだが、山倉が少しクールダウンしなくては怒鳴られるのがオチだ。

「女なんかを大臣にするのが間違いだ！」

と、山倉はくり返し言った。「今の総理は八方美人で、どっちへもいい顔がしたい。それに女がつけ込んでくるんだ」

外に洩れたら大変なことになる発言だが、それは山倉も分っていて、車の中で八つ当りしているのだ。

「フン、女なぞ、亭主の靴でも磨いとけばいいのだ」

鈴掛が車を店の駐車場に入れる。――山倉も少し落ちついた。

「すまんね」

鈴掛が店のシェフに声をかける。

「どういたしまして。ステーキ丼ですか？」

高級店だが、山倉は米のご飯がないと満足しない。イタリア料理とは言えないが。

鈴掛も一緒に軽く食べた。

「向うはどうだ」

山倉が初めて不安げな表情を見せた。

「向う」が、自分の地元のことを言っていると、すぐ分った。

「今のところ、動きはありません。地元の新聞は逆らったりしませんし、ＴＶ局や大手紙にも言い含めてあります」

「そうか」

山倉は食後にブランデーを飲みながら、「――あの石垣の工事を任せたのはどこだったかな」

「地元の工務店ですが、もう代が替って、今は若い息子が。あの工事には係っていません」

「旅館も直さなきゃならんし、石垣も……」

「まだ今は早いと思います」

と、鈴掛は声を低くして言った。「じき、みんな忘れます」

「お前の叔父に、よく言っとけ。もっとしっかりした工事をさせろとな」

山倉は、疲れもあるのか、少し酔っていた。話し声が大きくなる。

「先生、もう出ましょう。お店にも気の毒です」

店のシェフ以外、聞いている者はないが、用心に用心を重ねるのが役割だ。

「分った」

山倉が渋々ながら腰を上げたので、鈴掛はホッとした。

しかし……。

山倉を乗せて、車を走らせながら、鈴掛は不安になっていた。

酔うとおしゃべりになるのが、いつもの山倉だ。

しかし、車が走り出すと、山倉は黙り込んでしまった。

「先生。マンションでよろしいですね」

鈴掛は、あえて事務的な口調で言った。「明日はお昼過ぎまで、ゆっくりお休みになれます。——私も休めますが」

山倉は、聞いている風でもなく、腕組みをして黙っている。

「明日夕飯はどこで召し上りますか？　久しぶりに寿司でも？　電話して、ネタを訊いておきますよ」

と、鈴掛は言った。「あの店が、例のミシュランで星二つ取ったそうですよ。自慢話を聞かされそうですね。もちろん、それだけのことが——」

「別荘へ行け」

と、山倉が言った。

鈴掛が表情をこわばらせて、車を道の端へ寄せて停めると、振り向いて、

「先生、まさか——」

「別荘だ。聞こえないのか」

山倉の目が、ただ酔っているだけでない暗い光をたたえていた。

「先生。——無理です」

「お前はちゃんと仕事をしろ」

「今は、時期が悪いです。それに、そうすぐには……」

「別荘だ」

譲るつもりがないことは、その口調で分った。

「——分りました」

と、鈴掛はケータイを取り出して、「福岡の叔父に連絡してみます」

しばらくして、やっと向うが出た。

「何だ、こんな夜中に？」

と、鈴掛広士が不機嫌な声を出す。

「叔父さん、今、車なんだ」

「車?」

「先生が一緒だ」

「——そうか。俺に何か用なのか」

「別荘に向う」

と言うと、向うは沈黙した。

「先生のたってのご希望だ。叔父さん、何とかならないか」

「少し待ってくれ。当ってみる」

「よろしく頼む。ともかくこのまま別荘へ向うから」

「ああ。——連絡する」

と、叔父は言った。

ケータイをポケットへ入れると、

「では——別荘へ行きます」

と言って、車をスタートさせた。

途中、山倉が、

「やはり今はやめておこう」

と言い出すのでは、と期待していたが、むだだった。

鈴掛は、このところ山倉が色々悩みごとを抱えていることを感じていた。むろん、政界にも山倉の思い通りにならないことはいくらもある。

加えて、地元で起きた「事件」は、山倉を苛立たせていた。

そして……。鈴掛は、バックミラーで、チラッと山倉を見た。

あの、土砂の中から発見された白骨が、山倉の内に危険な興奮を呼びさましたのかもしれない。

しかし、こんな夜中に、見付けられるだろうか?

別荘といっても、そう都心から離れているわけではない。「別荘」と呼んでいるが、広い庭のある一軒家だ。

ケータイは鳴らなかった。別荘まで、もう十分足らずだ。

ようやくケータイが鳴った。車を停めて、出る。どうしても無理だった。そういう連絡であってくれたら、と思った。

「叔父さん――」

「何とか都合した」

鈴掛は息を吐いた。

「で……大丈夫だね?」

「少し高くつく。そこは何とか――」

「分った。心配ないよ」

「地図を送る。車なら二十分だろう」

「今、現金は――」

「よく話してある。大丈夫だ」

「よろしく頼む」

鈴掛はケータイを手にしたまま、後ろへ、

「何とかなったそうです」

と言った。「別荘でお待ち下さい」

「うむ」

山倉が唸るように言った。

車が走り出すと、山倉が言った。

「鈴掛」

「はい」

「何か子供の好きそうな菓子でも買っておけ。別荘には何もない」

「承知しました」

山倉がやっと口元に笑みを浮かべている。

もう止められない。

もちろん大丈夫だろうが……。しかし、鈴掛は落ちつかなかった。

金さえ払えば……。そう。いつもの通りでいいのだ。

いつもの通りだ。――鈴掛はそう自分に言い聞かせた。

21　宿命の夜

「遅くにごめんなさい」

と、佐伯芳子が言った。

「いいえ。大丈夫です」

と、西原ことみは、友人の所から引き取って来た有美を寝かせながら言った。「着物を脱いだ方が。楽になりますよ」

「ええ、それはもう……。さっきから脱ぎたくて仕方なかったんです」

芳子は手早く着物を脱いだ。ホッと息をつく。

「息子さんには――」

「メールしておきました。今夜はよそに泊ると。大丈夫です」

「これ――着古しですけど、私の服、着て下さい」

「ありがとう」

「お風呂に入ります？　その方が……」

「ぜひ！　クタクタです」

「今、お湯を」

「静かに入りますから」

――ことみがバスタブに湯を入れて、芳子を先に入れた。

有美はもう寝かせたので、明日の朝に、シャワーでも浴びればいい。

バスルームからお湯のはねる音が聞こえて来ると、ことみは、預かった子供の服を目の前に並べてみた。

手に入れたときは興奮を抑えられなかったが、落ちついてみると、どうしたものか、考え込んでしまった。

殺された竹内貞夫が、わざわざ別れた妻の所へ送って来たのだ。何か意味のあるものなのは間違いない。

しかし、どうやってそれを立証するか？

山倉とのつながりを立証するのは容易ではないだろう。

可能性としては、あの旅館での土砂崩れで発見された白骨と、この衣服に付いた髪の毛などのDNA鑑定をできれば。しかし、警察の上層部に話してもまず許可されないだろう。

万一、できたとしても、この服が白骨化した子供のものとは限らない。年齢にも差がある。

だが、放ってはおけない。いかにマスコミが無視しても、一人の女の子が死んだことは確かなのだ。その真相を明らかにするのは、刑事としての義務である。

「――そうだわ」

と、ことみは呟いた。

誰かが、佐伯芳子を手助けしている。五百万円もの入金、芳子に銀座のバーを任せることにした
――誰かがいる。

それは少なくとも山倉の側の人間ではない。

おそらく、山倉が「力」を持っている一方で、それを潰したい人間たちがいるのだ。政治の世界だ。ライバルがいて当然である。

それが誰なのか、調べられたら……。

しかし、用心しなければ。刑事として、政治の世界のパワーゲームに巻き込まれることは避けなければならない。

「――お先に」

気が付くと、芳子が風呂から上っていた。


この辺りだな、と鈴掛は思った。

古ぼけたアパートが並んでいる。――どれだけの部屋が埋っているのか。

いずれ、この辺りをひとまとめにして再開発す

ることになっているのだろう。

一つ一つ、アパートの名前を読み取りながら、ゆっくり車を走らせて行く。アパートの入口にも明りがないのがほとんどなので、読むのに苦労した。

すると――アパートの一つから、女が一人歩み出て来た。

鈴掛はその前で車を停めると、窓から、

「あんたか」

と言った。「鈴掛だ。野添《のぞえ》――」

「野添昭江《あきえ》ですよ」

すり切れたガウンをはおって、髪はボサボサで、白いものが目立っていた。

「もうみえないかと……」

「寄り道してたんだ。現金を取って来ないといけなくてね」

「それはどうも」

女の表情が、わずかに明るくなった。「ご覧の通り、貧乏暮しでね。私も体をこわして働けないし、亭主はとっくの昔に消えちまって」

「差し当り、百万ある」

と、鈴掛は封筒を渡した。「後は明日また相談しよう」

「助かりますよ。――ろくなもの食べてないんでね」

分厚い封筒を嬉しそうに受け取る。

「それで……」

「娘だね。カレンっていうんですよ。父親はイギリスと日本のハーフで」

「どこにいる?」

「こんな時間ですよ。寝てますけど、起こして来ます。ちゃんと本人も分ってるんで」

「連れて来てくれ」

「ええ、今……」

野添昭江はアパートの中へ入って行った。

たぶんこの様子ではカレンという女の子もお洒《しゃ》落《れ》とは言いかねるものを着ていることだろう。

あんまり見すぼらしい様子だったら、どこかで着替えさせる方が……。

「――お待たせしました」

と、昭江の声がして、暗い廊下をやって来る二人の姿が見えた。

「――朝には帰していただけるんですよね」

と、昭江は言った。「いえね、これがどういうことなのか、母親の私は分ってますが……」

「何歳かね?」

「十二歳。小学六年生です。カレン、挨拶しなさい」

女の子が、表の街灯の光の中へ進み出て来た。ちょっと頭を下げて、

「野添カレンです」

――その瞬間、鈴掛の息が止まった。

何だ、この子は? ――信じ難いほどの、美少女だったのだ。

単に目鼻立ちが整っているというだけではない。黒い大きな瞳は、真直ぐに男の心まで射抜くように妖しく濡れて、かすかに笑みを含んだ唇は、その柔らかな感触を保証していた。

昭江は、明らかに鈴掛の反応を予期していたのだろう、小さく笑うと、

「私に、どうしてこんな可愛い子が生まれたのか、自分でもよく分らないんですよ」

と言った。「でも、間違いなく私の娘ですからね」

「――分ってる」

鈴掛は、やっと息をつくと、「十二歳? 大人のようだな」

「でも、子供ですよ。くれぐれもよろしく」

と、昭江は言った。

「ああ。――じゃ、車に乗ってくれ」

鈴掛は車の後部座席のドアを開けた。

「じゃ、お母さん、行ってくるね」

声に、やっと十二歳らしい無邪気さを感じさせて、カレンは車に乗った。

「もう朝に近い。戻るのは昼ごろになる」

と、鈴掛は言った。「そこは分ってくれ」

「ええ、それは……。信じていますから、ぜひ早目にカレンを――」

「大丈夫だ。先生はお忙しい。そうゆっくりしてはいられないんだ」

と言ってから、「言うまでもないだろうが、このことは極秘だ。いいね」

「分ってます。それだけのことは――」

「むろん、そっちの満足がいくようにするよ。では遅くなるから行く」

後部座席で、カレンが母親に手を振る。それは車が一気に加速したので、一瞬で終った……。


車を別荘前につけると、鈴掛はカレンを促して、玄関の明りの下に立たせた。

自分は見すぼらしい格好だった昭江も、娘のカレンには洒落たブランドのワンピースを着せていた。

インターホンのボタンを押すと、向うはモニターで鈴掛を確認したようで、玄関のロックが外れる音がした。

玄関を上ると、

「先生」

と呼んだ。「――どちらですか?」

「二階だ」

という声が、どこかに仕込んだスピーカーから聞こえてくる。

「行こう」

鈴掛はゆったりと広い幅の階段を、カレンと共に上って行く。

「これは？」

と、階段の途中で、カレンは手すりにさらにもう一本の金属が通っているのを見て訊いた。

「階段を椅子に座ったまま、上り下りできるんだ。先生も若くないからね」

「誰が若くないって？」

上から声がした。山倉がシルクのガウンで立っていたのだ。

「普通に言えば、です。もちろん今は六十そこそこなど、年寄りとも言えませんね。――先生、野添カレンさんです」

「今晩は」

カレンは静かに、しかし不必要に甘ったれてもいない、「大人の挨拶」をした。

階段のやや薄暗い明りから、二階へ上り切ったカレンを、山倉は言葉を失ったようにじっと見つめていた。

「先生――」

「よくやった」

山倉はカレンから目を離さずに言った。

鈴掛はわざと事務的に、

「午後は三時お迎えですから、先生はハイヤーで国会へ。私はカレンさんを送ります」

と言った。「では私はこれで……」

「もう行け」

山倉は少し苛立ちのにじむ声で、「いいか、何があっても、必ず連絡してから迎えに来い」

「かしこまりました」

鈴掛は階段を下りて行った。上から、

「ありがとう！」

と、カレンが声をかけた。

鈴掛は、ちょっと足を止め、手を振って見せた。

カレンは黙って手を振り返した。

階段を下りて行く鈴掛の耳に、

「さあ、おいで」

という山倉の声が届いた。

いつになく上機嫌な声だ。鈴掛はホッとした。

――車を走らせながら、鈴掛は苛立っていた心がずいぶん和《なご》んでいるのを感じていた。

あのカレンという女の子の、階段の上から手を振ってくれた姿が忘れられなかった。

一見したところ大人びて見えるカレンだが、手を振っていたあの様子には、十二歳らしい無邪気さがあったのだ。

かなり焦燥感を感じさせた山倉も、カレンを見て穏やかになったようで、鈴掛はやや安堵した。

もちろん、あんな小さな女の子と、どんな話や遊びをするにせよ、世間から見ればとんでもないことだろう。

しかし――少なくとも鈴掛が秘書として働くようになってからは、山倉も危ない真似はしていなかった。

あの出来事。――地元の旅館での土砂崩れで発見された白骨については、鈴掛の知らないころのことだった。

まさか……。いくら山倉でも、そこまではやるまい。

ただ、スキャンダルになって広まると、政治家として致命傷になりかねない。何としてももみ消してしまわなければ。

あの女刑事――西原ことみをうまく手なずけてしまえるかと思ったのだが、そうはいかなかった。邪魔をされないように、見張っておかなくては……。

しかし、ともかく今は鈴掛もいい気持だった。早く帰って、ベッドに入らないと、眠る時間がなくなる。

鈴掛は少し車のスピードを上げた。

22　揺れる

西原ことみは、朝いつも通りの時間に有美を保育園へ連れて行った。

「おはようございます」

と、なじみの保育士の女性に挨拶すると、

「有美ちゃん、おはよう」

と、中へ入れてから、「西原さん、ちょっと……」

「え？」

その視線の先へ目をやると、少し離れて、同僚の男性刑事が立っているのが見えて、びっくりした。常田《つねだ》という同期の男性だ。

「――どうしたの？」

同期なので、気楽な仲である。

「課長の命令さ」

「私の監視？」

「違うよ！　この保育園。君の可愛い有美ちゃんに危ないことがないように、見張れって」

「課長がそんなことを？」

「僕はそこの車にいる。何かあれば、保育士の先生から連絡がある」

「でも……」

「どうやら、かなり偉い方の誰かから、指示があったらしい。『西原ことみ刑事の捜査を応援せよ』とね」

それは――佐伯芳子の身を助けてくれた誰かかもしれない。

「銀座の〈R〉ってバーで殺しがあったんだろ？」

「ええ。マダムは今、私のアパートに」

「その事件の捜査にも加われと言ってたよ。例の暗殺を目撃した女子大生のことも、警備を付けるそうだ」

ことみは胸が熱くなった。

これで、自分の思う通りの捜査ができる。

「ありがとう!」

と、ことみは常田の肩を叩いて、「よろしく頼むわね」

と言うと、アパートに戻って行った。


「もう朝だよ」

と、ルミは言った。

「ああ……」

前畑は布団の中で伸びをした。「まだ手錠がかかってないな」

「私が通報すると思った?」

ルミは布団の中で、前畑の胸に顔を埋めた。

「どうせなら、君の手で殺されたいね」

「いやだ、そんな気持悪いこと」

「起きるか」

前畑は起き出して、洗面所で顔を洗った。

ルミは前畑の後に顔を洗って、

「——ねえ、どうして?」

と、タオルで顔を拭きながら訊いた。

「何だい?」

「ゆうべ……。何もしないで寝ちゃったから」

前畑はちょっと微笑んだが、そのまま黙って服を着た。

ルミも二度は訊かなかった。

「お腹が空いたろ? この中じゃ朝食は出ない。外へ出ると、小さな喫茶店があって、モーニングサービスをやってるよ」

「じゃ、食べよう!」

と、ルミは元気よく言った。「そのまま出るの?」

「いや、一旦戻って、近くの駅で車を替えよう。君はそこから電車で帰ってくれ」

「え？」

「僕はあとどれくらい逃げられるか分らない。逮捕されるか射殺されるか、いずれにしても、君に見られたくない」

「でも……」

　と言いかけて、ルミは、「いいや！　ともかく朝食にしよう」

　と、明るく言った。

　旅館を出るとき、前畑は、ルミを先に行かせて、受付の男へと、

「すまないね」

　と、近寄って声をかけた。

「いいですけど……。やっぱり今日は出ていただかないと……」

「もちろんそのつもりだ」

「そうですか」

　男はホッとした様子で、「いつもお泊りいただいてるので、通報はしたくないんです。ただ、あれだけはっきりした手配写真が回っていると、後で分ったときに――」

「これ以上迷惑はかけないよ。朝食をとって戻ったらすぐ発つ。午後には通報してくれていいよ」

「分りました」

「今、現金で払っとこうか？」

「いえ、戻られてからで」

「ありがとう」

　と、前畑は言った。

　喫茶店に入ると、前畑はカウンターの方に背を向けて座り、モーニングセットのオーダーはルミがした。

「ね、やっぱり私も――」

「だめだ」

　と、前畑は言った。「誘拐罪がプラスになる」

「それじゃ……」

皿の上のトーストは、もうきれいさっぱりなくなっていた。

「僕が君を人質にでもして逃げる、という心配はしなかったのか？」

「何も考えなかった。ただ、もう一度会いたかっただけ」

「こんな人間に……。君のその気持だけで充分だよ。それに――」

と言いかけてやめる。

「何を言いかけたの？」

「いや……。君の友達の麻紀君のことだ。ちゃんと仲直りしてくれよ」

「うん、分ってる」

と、ルミは肯いた。「つい、感情的になっちゃったけど、麻紀は命がけで私のこと、守ろうとしてくれた」

「そうだ。ああいう友達は大事にしなきゃ」

「麻紀を撃たなかったんだね、そのとき」

「ああ。――どんなに仕事と割り切っても、それじゃすまないことがある」

と、前畑は首を振って、「麻紀君はそのことを思い出させてくれたよ」

――二人は朝食を食べ終ると、早々に店を出た。支払いはルミがした。

「もう旅館を出るんでしょ？」

「うん。泊れただけでもありがたいよ」

と言った前畑が足を止めた。

ルミも息を呑んだ。

あの旅館の前にパトカーが停まったところだった。警官が旅館の中へと駆け込んで行く。

「前畑さん――」

「君はこのまま歩いて行け」

と、前畑が抑えた声で言った。「旅館の前を通り過ぎて、そのまま家へ帰るんだ」

「でも――」

「言った通りにしろ！」

と、ルミの背中を押す。「僕は反対の方へ行く」

逆らうことはできなかった。

ルミは歩き続けて、パトカーのそばを通り過ぎた。――少し行って振り返ると、もう前畑の姿は見えなくなっていた……。


別荘が見えて来た。

鈴掛は車のスピードを落とした。少し後ろを、黒いハイヤーがついて来ている。

前もって連絡しろ、と山倉から言われていたのは分っているが、二回山倉のケータイにかけても通じなかった。

ゆっくり休んでいるのだろう。

車を別荘の玄関前に寄せて停める。ハイヤーは少し手前で停まった。


「一応かけとくか」

車を降りたところでケータイを発信した。

少しして、いきなり、

「今、どこだ」

と、山倉が電話に出て訊いた。

「玄関前です。二度かけたのですが――」

「入れ」

ぶっきら棒なのはいつものことだ。

「――おはようございます」

もう午後の二時半を回っている。山倉はガウンを着て居間のソファで寛いでいた。

「先生、そろそろお仕度を」

と、鈴掛は言った。「ハイヤーが待っています。こちらの車で、カレンさんを家まで送って行きますので、先生はハイヤーで国会へ……」

すると山倉は、

「ハイヤーはいらん」

と言った。「お前の車でいい」

「ですが、あの子を――」

「もういない」

と、山倉はアッサリと言った。

「といいますと?」

鈴掛が面食らっていると、

「あの子はもう帰った」

「それは……」

「朝の内に、帰りたいと言うので、好きにさせた。タクシー代を持たせてやったから、適当に拾って帰っただろう」

「そうですか……」

「今、仕度して来る。待ってろ」

山倉が立ち上って、居間から出て行った。

鈴掛は、

「どうなってるんだ」

と呟いた。


十二歳の女の子に「タクシー代を持たせて帰した」とは。

しかし、山倉はいつもの通りで、少しも変った様子はない。特に不機嫌とも見えない。

まあいい。――カレンに会えるのを楽しみにしていた鈴掛は少々失望したが、山倉に言われた通りにするしかない。

一旦表に出ると、待機していたハイヤーを帰らせた。

そして、ケータイを取り出すと、カレンの母親、野添昭江のケータイへかけた。いくらで話をつけるか、決めなくてはならない。

しかし、呼び出してはいるが、一向に出ない。

――二度かけてみたがむだで、後でまたかけてみようと思った。

居間へ戻ると、すぐに山倉が身仕度して現われた。

「行くぞ」

「はい。――清掃を入れておきましょう」

「その必要はない」

山倉が即座に言った。「また今夜来る。その後でいい」

「はい。――では参りましょう」

別荘を出て、鍵をかけると、鈴掛は車のドアを開けた。

都心へ向って車を出すと、

「何か召し上りますか」

と訊いた。「お菓子では物足りないのでは?」

「委員会が終ってからでいい」

「分りました。――どうでした、カレンさんは?」

つい、訊かずにいられなかった。

「ああ。――いい子だった」

「どれくらい払えば……。お任せいただいてよろしいですか」

「うん。適当でいい」

「分りました」

細かいことを訊くと、山倉の機嫌が悪くなる。

鈴掛はそのまま、黙って車を走らせた。

――国会議事堂に着くと、

「行ってらっしゃいませ」

と、山倉を見送ってから車を駐車場へ入れる。

控室には誰もいなかった。

鈴掛は叔父の広士に電話を入れた。

「――ゆうべは急なことで悪かったね」

と、広士に言った。

「問題はなかったか?」

と、広士が言った。

「うん。凄く可愛い子だった。よく見付けたね。どこで?」

「まあ……色々だ」

と、広士は曖昧に言った。

「それで、金の話はそっちでついてる?」

「いや、まだ何も言って来ていない。お前の方で決めてくれ」

「分った」

山倉が、これからもカレンに会うというのなら、母親と話をしてみなくてはなるまい。

すると、

「ちょっと待て」

と、広士が言って、しばらく間があった。

「叔父さん? どうしたんだ?」

「——今、連絡があった」

広士の声は急にうつろに響いた。「あの女——野添昭江のアパートが火事で焼けたそうだ」

鈴掛は言葉を失った。

23 踏み外す

「ルミさん!」

西原ことみは、麻紀と並んで座っている高倉ルミを見て、思わず声を上げた。「良かった! 無事だったのね!」

「ご心配かけて、すみません」

と、ルミは静かな落ちついた口調で言って、頭を下げた。

「あなたが無事なら。——それが何より心配だったのよ」

と、ことみは言った。

麻紀の家に近い中華料理店で、個室を借りていた。午後、中途半端な時間で、店に客はなかった。

「家だと、お母さんがうるさいので」

と、麻紀は言った。

「でも――ルミさん、お宅には?」

「麻紀が電話してくれました」

「そう」

ことみは丸テーブルについて、ともかく出してくれたお茶を一口飲んだ。

「あの前畑って名のってた男の泊っていた旅館は突き止めたけど、男はいなかった」

と、ことみは言った。

「ちょうど、朝食を食べに出てたんです。二人で。戻ろうとしたとき、パトカーが。――そこで別れて、前畑さんがどこへ行ったかは分りません」

と、ルミは言った。「私に、一人で歩いて行け、と言って背中を押したんです。それきり……」

「あの――」

と、麻紀はルミの手を握って、「ルミ、ゆうべは前畑と過したけど、彼は何もしないで眠ったそうです」

「本当です。私はどうでも良かったけど……」

「そう。――で、彼はどこへ行くとか、これからどうするとか話してなかった?」

「訊きましたけど、何も言いませんでした」

「どこか土地の名とか、人の名とか、口にしなかった?」

「ええ、何も」

ことみも期待はしていなかった。ルミは続けて、

「たぶん……もう会わないと思います。あの人――捕まるか殺されるかするところを私に見せたくない、って……」

ルミが泣くのを必死にこらえて言った。

「ルミ……」

麻紀がルミの肩にそっと手をかけた。

「頭のいい男だから、行先を特定するのは難しいでしょうね」

と、ことみは言った。「ともかく、あの近辺を捜索しているけど」

「でも……ことみさん、竹内って人が殺された理由とか、分ったんですか?」

と、麻紀は訊いた。

「色んなことがあったのよ」

と、ことみは言った。「何人も死んだ。あの男は雇われて竹内さんを射殺しただけでしょうけど、彼も駒の一つ。実際はもっと大きな事件が背景になってるのよ。でも、あなた方は、そこまで知らなくていい。知ってしまうと、危険を招くかもしれない」

「それじゃ……私のこと、ずっと見張ってる人がいるんですけど」

と、麻紀は言った。

「それはあなたの身辺警護のための刑事よ、怖がらなくていいわ」

「何だ」

麻紀が息をついて、「目つき、悪いんだもの」

「言っとくわ。あんまり人相の悪いのをつけるな、って」

と、ことみはちょっと笑った。

「一つ、お願いがあるんですけど」

と、ルミがおずおずと言った。

「何かしら?」

「お腹空いて。餃子頼んでもいい?」

「いいわね! 私もお昼抜きなの」

と、ことみは言って、テーブルの上の呼び出しボタンを押した……。


足下には水たまりが広がって、狭い歩道は小川のようになっていた。

「こいつはひどい……」

と、鈴掛は思わず呟いた。

野添昭江のアパートだけではなかった。

ほとんどくっつくように並んでいた両側のアパートも、ほぼ原形をとどめないまでに燃えてしまっていた。

現場にはまだ消防車やパトカーが停まっていて、歩くのも大変だ。火は消えていたが、何か所か、白い煙の立ち上っているのが目についた。

「何かご用?」

と、くたびれた様子の消防士が、鈴掛を見て、声をかけて来た。

「失礼。お疲れのところ申し訳ありません」

と、ていねいな口調で、身分証を見せ、「先生の知人の方がこのアパートにおいでだったので、ご心配で、様子を見て来いと言われ……」

「そうですか。大体の住人は逃げられたんですが、やはり何人かは逃げ遅れて亡くなってます」

と、消防士は言った。「ただ、この状況なので、身許の確認はこれからで」

「分りました。出火の原因は?」

「それは……公式にはまだ発表できませんが、放火だと思いますよ」

「放火……」

鈴掛は息を呑んだ。

「そこは警察の人に訊いて下さい」

「分りました。お忙しいところ、どうも」

行きかけた消防士へ、鈴掛はつい、「あの――すみません。亡くなった人の中に子供はいますか? 小学生ぐらいの……」

と訊いていた。

「さあ、今のところは見付かったのは大人が四人だけです。でも、焼け跡から見付かるかも……」

「そうですね。どうも……」

鈴掛は、現場から少し離れた。

放火。――一体何があったのだろう。

鈴掛は、自分がこの火事に係っているかもしれないという思いを必死で打ち消した。

そうだ。――たまたま、こんなことになっただけだ。

しかし、あの子――野添カレンがどうなったのか、それを考えずにはいられなかった。

ケータイに、山倉からメールが入っていた。

夕方の予定の変更。――ここに来ていることは、伝言で残しておいたが、そのことには触れていない。

一旦戻って、警察の発表を待つしかない。戻りかけて、振り向いた拍子に、誰かとぶつかりそうになった。そして――。

「叔父さん!」

そこに立っていたのは、鈴掛広士だった。

「びっくりした。わざわざ見に来たの?」

「ああ。――ひどいもんだな。あいつは死んだだろう」

「まだ死体の身許は……。叔父さん、あの女とどういう知り合い?」

と、鈴掛は訊いた。

広士は青ざめた顔で、しばらく焼け跡の方へ目をやっていたが……。

「カレンは……俺の娘なんだ」

と、かすれた声で言った。

「叔父さん! そんな……」

鈴掛は啞然とした。「でも、あの母親は、父親はハーフだと……」

「本当は逆だ。母親が日本とイギリスのハーフだった。もちろん、昭江は母親じゃない。俺が金を渡して、カレンの面倒を見させてた女だ」

「叔父さん……。自分の娘を、山倉先生の所へ?」

「他にどうしようもなかった! 当ってみても、急には手配がつかない……」

「そうか。でも――先生は上機嫌だったよ。あの子は朝、一人で帰ったと……」

「帰った？　そんなはずはない。昭江が電話して来た。お昼を過ぎても帰って来ないと言って……。その後にアパートが火事になったんだ」

鈴掛の顔から血の気がひいた。

「――叔父さん。火事は放火らしい。でも昼日中に、誰が……」

「本当か？　それじゃ――」

「待ってくれ！　叔父さん、時間をくれ！　僕が――僕が事実を確かめるまで、待ってくれ」

広士は鈴掛の肩をつかんで言った。

「おい！　カレンのことを知ってるんだな！　本当はどうなんだ！」

「分らない。ちゃんと――調べて、知らせるから、待ってくれ！」

そう言うと、鈴掛は足下の水たまりの水をはね上げながら、駆け出した。


「私たちの分、払います」

と、麻紀は言って、財布を取り出した。

「いいわよ」

と、ことみは止めて、「これぐらい、お給料から出すわ」

ルミと三人、中華料理店を出るところだった。

「でも……すみません」

ルミも、しっかり食事をしていた。

店から出たところで、ことみのケータイが鳴った。

「――もしもし、森田さん？」

記者の森田からだ。

「おい！　何かとんでもないことが起ってるぞ」

森田が切迫した声を出した。

「どうしたの？」

「山倉だ。委員会を、体調不良と言って抜けたが、とてもそう見えないんで後をついて行ってみると、一人でタクシーに乗って行った」

「タクシーに一人で？　鈴掛は？」

「どこかへ出かけてるらしい。ともかく山倉の様子は普通じゃなかった」

「どこへ行くつもりかしら」

「任せろ」

「え？」

「僕も今、タクシーで山倉を追いかけてる」

「さすがね！　私も行くわ。大体の場所を教えて！」

ことみは大きく手を振って空車を停めると、

「あなたたち、家へ帰ってね」

と、麻紀とルミへ声をかけて、乗り込んだ。

〈別荘〉へと車を走らせている鈴掛に、若手の秘書から連絡が入った。

「先生がどこへ行かれたか、分らないんです」

と、うろたえている。

「委員会は終ったのか？」

と、鈴掛は訊いた。

「いえ、途中で退席されて。その後、タクシー乗場へ向われたと警備の人間が。でもまさか……」

「分った。待機してろ。連絡する」

鈴掛は早口に言った。

強引に他の車を追い越して、ともかく急いだ。

——何があったのか、想像したくもなかった。

清掃を入れる、という鈴掛の言葉を、山倉は即座に「必要ない」とはねつけた。

いつもの山倉ではなかった。そう感じてはいたが、どうすることもできなかった。

それでも、野添昭江のアパートの火事、それが放火らしいと聞いて、ショックを受けた。さらに、あのカレンが叔父の子だとは。

　カレンは、おそらく山倉の心を捉えただろう。あまりに——そう、カレンはあまりに可愛過ぎる。

　別荘が見えて来た。別荘の前にタクシーが停まっている。

　鈴掛が車を降りると、

「おい、あんた！」

　と、タクシーのドライバーが、窓から顔を出して呼んだ。「ここの人の知り合いかい？」

「ああ、それが？」

「料金払わないで行っちまったんだよ。中へ走って行って……」

「分った。すまん」

　鈴掛は一万円札を渡して、「これで、ここへ来たことは黙っててくれ」

　と言った。

　タクシーが行ってしまうと、鈴掛は玄関のドアを開けて、中へ入った。

「——先生、鈴掛です」

　と呼ぶ声が響く。「どこですか？」

　明りが消えていて、薄暗かったが、玄関には山倉の靴が脱いである。

「先生——」

　スイッチを押して明りを点けると——。

　それはすぐに目に入った。

　幻であってほしいと思った。しかし、それは消えて失くなりはしなかった。

　階段の、床に近い数段に、カレンが頭を下にして倒れていた。

「カレン……」

　鈴掛は近寄ったが、もう息がないことは分っていた。ゆうべ着ていたワンピースはところどころが破れていた。

　スカートから真白な脚が階段の上に伸びていた。

「——鈴掛さん」

その声に、青ざめた。こんな所に、どうして……。

「何してるんだ、ここで!」

振り向いて、ことみへ言った。「ここは山倉大臣の家だぞ!」

「事件が起れば、当然踏み込みますよ」

ことみは上って来ると、「その子は——」

「知らん! 見たこともない」

ことみに続いて、森田が入って来て、

「死んでる? 救急車を呼ぼうか?」

と言うと、スマホでカレンの写真を撮った。

「よせ! 勝手な真似を——」

「どうしたの!」

ことみが愕然とした。「この子に何を——」

カレンの体の下になっていた両手には、何と手錠がかけられていたのだ。

「これは犯罪よ! 通報する」

ことみはケータイを手にして言った。

「待ってくれ! 事態を混乱させることになる。事情を説明する。通報するのは待ってくれ!」

と、鈴掛が叫ぶように言った。

そのとき、

「好きにさせろ」

と、声がして、山倉が階段の上に現われた。

「先生——」

「その子は足を踏み外したんだ。事故だった」

山倉は無表情な顔つきと声で言いながら、階段を下りて来た。「鈴掛」

「はい」

「委員会はまだ終ってないだろう。戻る」

山倉はそう言って、カレンの死体など目に入らないという様子で階段を下りると、玄関へと平然と歩を進めた……。

24　断崖

日は暮れかかっていた。

ことみは、しばらくその場に立って動かなかった。——あの〈ミツコ〉の取り壊された跡地である。

そこはもうきれいに片付けられ、更地になっていた。そこに何があったのか、何一つ思い出させる物はない。

ことみは、その空っぽの土地が、まるで自分自身の中身のような気がしていた。——虚しさだけが、木枯しのように吹き抜けて行く……。

帰らなくては。有美が待っている。

一つ大きく息を吐いて歩き出すと、

「西原さん」

と呼ぶ声がした。

振り返る前に、それが誰の声か分っていた。

「杏さん！」

氷川杏が立っていた。

「すみません、ずっと隠れていて」

「そんなこと……。生きてたのね！　良かった！」

ことみは杏の腕を確かめるように撫でた。

「充子さんは気の毒だったわ」

「私も一緒でした」

と、杏は言った。「でも、湖に沈んで行くとき、私を車から押し出してくれて……。私は、自分が浮かび上るだけで精一杯だったんです」

「仕方ないわよ」

ことみは、杏と二人、小さなティールームに入った。

ミルクティーを飲みながら、杏は口を開いて、車が湖へ突き落とされるまでのことを話した。

「――助かったものの、どうしていいか分らなくて……。殺されそうになったと訴えても、相手は鈴掛か――その上の山倉でしょう。私なんか、とても逆らえる相手じゃないと思うと……。こっそりと身を隠してるしかないと思ったんです」

「無理もないわ」

と、ことみは肯いた。

「でも――新聞でニュースを見て。あの〈政治家の別荘で女の子が事故死〉というのは、山倉のことですよね」

「そうなの。私が、死んでいる女の子を……」

「別荘のことを耳にしたことがあったんです。でも、本当に事故死だったんですか?」

「記事にはなってないけど、あのカレンという子は両手に手錠をかけられてた」

「何ですって?」

杏が目を見開いた。「そんなこと、ニュースじゃひと言も――」

「山倉は『遊びだった』と言ってる。ふざけて追いかけっこをしていて、カレンちゃんが階段を踏み外して落ちたと……」

「六十過ぎの大人が、十二歳の女の子にそんなことをしたら――」

「ええ、もちろんこれは犯罪よ。みんな分ってる。あの温泉旅館で見付かった白骨にしたところで、山倉が係っていなかったはずがない」

「私、心を決めたんです。私たちを殺そうとしたのは鈴掛、つまり山倉です。車のドライバーの顔もはっきり憶えています。このまま、うやむやにしてしまったら、充子さんが可哀そう。私、警察へ行って、真実を話します」

杏の固い決意を目の光に感じた。

「ありがとう」

ことみは杏の手を握った。「あなたの証言があれば、山倉を追い詰められるでしょう」

「山倉は、このまま知らんぷりを決め込むつもりでしょうか?」

「そうはいかないと思うわ。私、上司に辞表を出してあるの。まだ預かりになってるけど」

「背水《はいすい》の陣ですね。私も一緒に戦います」

「心強いわ」

と、ことみは微笑んだ。「ただ、今がどういう状況になっているのか、よく分らないのよ」

「というと?」

「以前は、私が竹内貞夫さんの事件にこだわっていると、私を叱りつけていた上司がね、あるときからガラッと態度が変ったの。むしろ私に捜査を進めさせるようになっていたのよ」

「どういうことなんでしょう?」

「それはたぶん、政治の世界で何かがあったのね」


と、ことみは言った。「おそらく、山倉と対立していた勢力があって、山倉に権力があったときは沈黙していた。でも、あの土砂崩れで白骨が見付かった辺りから、山倉の足下が危うくなり始めたんでしょう。そうなると、力関係が一変する」

「じゃ、今なら山倉を告発すれば——」

「ええ、あのカレンちゃんのためにも、山倉に裁《さば》きを受けさせなくては」

と、ことみは力強く言った。

すると——ティールームに入って来た男があった。スーツにネクタイをした若い男は、真直ぐにことみの方へやって来ると、

「西原ことみさんですね」

と言った。

「え? ——ええ、私、西原ですが」

「一緒にいらして下さい。お会いしたいという方が」

「どなたですか?」

「表の車でお待ちです」

その事務的とさえ言えるような口調には、危険を思わせるものはなかった。

「――分りました」

「ことみさん……」

と、杏が不安げに言いかける。

「大丈夫。戻って来るわ。待っていて」

「分りました。――気を付けて」

ことみは立ち上ると、ティールームを出た。黒塗りの車が停っていた。

若い男がドアを開け、ことみは後部座席に乗り込んだ。

ことみは、もちろんその男の顔を知っていた。しかし、驚きは、「まだ生きていた」ということの方だった。

九十歳は優に超えている。九十代後半? いや、おそらく百歳に近いだろう。

もしかしたら百歳を超えているかもしれない。

――この何年か、全く名前を聞かなくなっていたので、ことみも忘れかけていた。

車が静かに走り出すと、

「君はいい刑事だと聞いている」

と、年齢を感じさせない、はっきりした口調で言った。

「どうも」

「どんな犯罪も見逃したくないだろうね」

ことみは窓の外へ目をやって、

「どこへ向っているんでしょうか」

と訊いた。

「心配いらない。近くを回っているだけで、元の所へ戻す」

「そうですか。それで――私にどんなご用でしょう」

「頭のいい君のことだ。見当がついていると思うが」

「想像力がないので」

と、ことみは言った。「お話を伺わせて下さい」

男は声を出さずにちょっと笑った。

日本有数の大新聞とＴＶ・ラジオのグループを持ち、政界で「影の総理」と呼ばれた男だ。しかし、現実に政治家になったことはなく、公の場に出ることも、めったになかった。

「もちろん、山倉のことだ」

と、男は言った。「逮捕したいと思っているだろうね」

「逮捕するつもりです」

と、ためらわず言った。「それをやめろとおっしゃられても――」

「そうは言わない」

少し間を置いて、ことみは言った。

「辞表を出してあります」

「知っている」

と、小さく肯いて、「君のような人を辞めさせては、警察の恥だよ」

「恐れ入ります」

「ただ――逮捕状を請求しても、すぐには出ないだろう」

「それは……」

「分ってくれ。山倉が逮捕されると、大きな一つの秩序が揺らぐ」

「一人の女の子の命の方が、私には大事です」

「それは同感だ。山倉は必ず罪を償《つぐな》うことになるだろう」

と、男は言った。「ただ、少し時間をくれ。君を失望させるようなことはしない。約束するよ」

そんな約束があてにならないことぐらい、ことみも知っている。しかし、今は自分一人の力でできることは限られている。

「——お話は分りました」

と、ことみは静かに言った。

「君なら分ってくれると思っていたよ」

車はいつの間にか元のティールームの前に停まっていた。

「では」

と、ことみがドアのロックを外して開けようとすると、男が言った。

「店で待っている友達にも、今の話を伝えて納得させてくれ」

「——分りました。その代り、彼女や私の娘など——係った人たちに手を出さないで下さい」

「勇気あるK大生の女の子たちにもね。大丈夫だ。私にもそれぐらいのひ孫がいる」

ことみが車を降りてドアを閉めると、車はアッという間に走り去った。


ティールームの中に入ると、杏が腰を浮かして、

「良かった！　戻らなかったらどうしようって思ってた」

と涙ぐんでいる。

「心配かけてごめんなさい」

「何の話だったの？」

ことみは少しためらって、

「詳しいことは聞かない方が。遠からず山倉は権力を失うでしょう。そのとき、あなたの証言が山倉を追い詰めるわ」

「西原さんも一緒に？」

「ええ、もちろん」

テーブルの上で、二人の手は固く握り合った。

ことみはちょっと微笑んで、

「紅茶が冷めちゃったわね。——すみません、ダージリンをお願い」

と言った。

25　サイン

「ルミ」

麻紀は小雨を避けて、Tホテルの玄関前の車寄せの隅の方に立っていた。

ルミが地下鉄の階段を上って来て、小走りに麻紀の方へ駆けて来る。

「中に入ろう」

と、麻紀は促した。

日曜日で、結婚式が何組もあるようだった。ロビー中央の広い階段で、ウェディングドレスの花嫁が写真を撮られている。

「ではご新郎様も一緒に」

と、カメラマンが言って、今度は新郎新婦で撮影だ。

その光景を眺めていると、麻紀の腕を軽くつつく手があった。

「あ……」

麻紀は振り向いてびっくりした。——西原ことみが立っていたのだ。

「ことみさん」

「どうしてここに？　このホテルに何か用だったの？」

ことみはどこか緊張した雰囲気だった。

「いえ、ルミと会うことに——」

と言いかけて、「あれ？　ルミ、どこに行ったんだろ」

「一緒にいたの？」

「ええ。つい今まで一緒に……」

麻紀はロビーの中を見回したが、ルミの姿はない。

「ルミさんは何の用で？」

「言わなかったんです。今日、どうしてもこのホテルに行きたい、ってそれだけ」

「それは心配ね」

ことみは周囲を見て、「ね、ロビーにいない方がいい」

「え？」

「階段上った所にいてくれる？　ロビーが見渡せるでしょ」

「ルミのケータイにかけてみます」

「ええ、でも、階段の上に行ってからにして」

階段を上ると、二階にも小さなロビーがあり、吹き抜けになっていて、一階が見下ろせる。

「ことみさん、何かあるんですか？」

「ええ。でも――花嫁花婿が、こんなに何組もいるとは思わなかった」

麻紀は、ことみの他にも刑事と分る男たちが数人、ロビーに散っているのに気付いた。

麻紀は、言われるままに階段を上ろうとしたが、

「恐れ入ります。ちょっとお待ち下さい」

と、ホテルの係の女性に止められる。「ただいま、写真撮影中でございます」

「あの――」

仕方ない。麻紀は階段を上りかけたまま立っていた。

広く、ゆるやかな曲線を描いている中央の階段は、途中の踊り場で花嫁花婿が並んで、記念写真をプロが撮る所定の場所になっていた。

「もう少し、お二人、寄って下さい！」

と、カメラマンが注文する。「そうです！　ね、ちょっと、ドレスの裾の広がり方を直して」

と、係の女性に言った。

フワリと広がった純白のウェディングドレス。

――待たされてはいたが、麻紀はついその様子に見入ってしまった。

そのとき、ロビーの奥のエレベーターから、数人の男たちがやって来るのが目に入った。

麻紀は現実に引き戻された。

ロビーを堂々とした足取りでやって来たのは、山倉大臣だったのだ。

その行手をふさぐように立ったのは、ことみだった。

「邪魔しないで下さい」

と、山倉の前に出て、鈴掛が言った。「国会でご用が――」

「恐縮ですが」

と、ことみは静かに言った。「ご同行下さい。ぜひ。このロビーで騒ぎは避けた方がよろしいと思います」

ことみも緊張しているのだろう。やや青ざめていた。

「先生――」

と、鈴掛が振り向く。

麻紀から、ほんの数メートルの所に、山倉は立っていた。

どうなるんだろう？　もちろん麻紀もTVや週刊誌で、政治家の別荘で十二歳の女の子が「事故死した」と報道されていることは知っていた。その「政治家」が山倉であることも、おそらく「事故」ではない、ということも麻紀は察していた。

では――山倉がいよいよ逮捕されるのか？

そのとき、麻紀はふと目を二階へと向けた。ルミが、二階の手すりをつかんで、じっとロビーを見下ろしていた。

ルミ……。こんな現場にどうしてわざわざ？

――もしかすると。

「鈴掛」

と、山倉が言った。「もういい」

「ですが、先生――」

「いいんだ」

山倉はくり返すと、「行こう」

と、ことみに言った。

そのとき、ロビーの奥、山倉の十メートルほど背後で、男が白いコートをパッと脱ぎ捨てた。その動きに目をひかれると——そこに立っていたのは、前畑だった。

「山倉！」

と、前畑が鋭い声で呼ぶ。

前畑は拳銃を握った右手を一杯に伸ばしていた。山倉が振り返る。

ことみが素速く動いた。

山倉の前に立って、両手を広げてかばった。

「ことみさん——」

麻紀は、前畑が引金を引いて、ことみが肩を撃たれるのを見た。

銃声と共に、ロビーは大混乱になった。

ことみが肩を押えてよろけた。

麻紀は、鈴掛が動こうとしないのに気付いた。

本当なら、身を挺して山倉を守るべきだ。

そして、麻紀はルミがこの光景を二階から見下ろしているのに気付いた。

そうか。ルミは、前畑に呼ばれて来たのだ。

ことみはよろけながらも山倉の前に立ちはだかっていた。二発目が、ことみの左脚に当った。ことみが膝をつく。

山倉は真直ぐに前畑の銃口に向き合っていた。——真正面。七、八メートルしかない。

外すことはあり得なかった。

これは——暗殺だ。恨みでも復讐でもない。

前畑の「仕事」としての暗殺だ。

あの光景——麻紀は目の前で、竹内貞夫が射殺されたときの情景を思い出した。

前畑は、あのときと全く同じ、仮面のような無表情さで、山倉に向っていた。

引金が引かれた。銃声と共に、山倉はよろけた。しかし——弾丸は心臓でなく、脇腹に当った。血が飛ぶ。

山倉が倒れた。一瞬の後、他の刑事たちの拳銃が一斉に発射されて、前畑の体を貫いた。

それでも、前畑はすぐには倒れなかった。

再び銃声がして、前畑はクルッと背を向けると——おそらく誰にも分らなかったろうが、顔を上げてルミを見たのだ。

ルミも前畑を見下ろして、大きく目を見開いていた。

前畑がそのまま床に突っ伏した。

麻紀は、前畑の体の下から血だまりが広がるのを見た。

「——先生!」

鈴掛が山倉へ駆け寄る。


「触るな!」

と叫んだのは、ことみだった。

鈴掛が、ギクリとして立ちすくむ。

「大臣を、早く!」

と、ことみが指示する。

刑事たちが一斉に山倉へ駆け寄ると、四、五人がかりでかつぎ上げ、正面玄関へと運んで行った。

麻紀は、ことみが肩と太腿から血を流しながら立ち上るのを見て、思わず走り寄ると、撃たれていない右の肩を支えた。

「ことみさん」

「ありがとう。前畑を……」

麻紀に支えられて、うつ伏せに倒れている前畑へと歩み寄る。もちろん命がないことは明らかだった。

前畑のそばに片膝をついて、ことみはその首筋に指を当てた。絶命していることを確かめると、

麻紀に、

「上にルミが……」

と言われて、顔を上げる。

しっかり手すりをつかんでロビーを見下ろしているルミは、泣いていなかった。

「狙いを外すはずがないのにね」

と、ことみは言った。「山倉をわざと生かしておいたんだわ。自分は死ぬつもりで……」

「そうですね」

と、麻紀は言った。「ことみさん、手当をしないと」

「ええ……。でも、この場を……」

駆けて来た男性の刑事に、「後をお願い」

と言っておいて、

「救急車はいらない。パトカーで病院へ行く方が早い」

「分った」

「麻紀さん、玄関まで、支えて行ってくれる？」

「はい」

麻紀は、苦痛をこらえていることみと、ホテルの正面玄関へ向いながら、思った。

——これで終ったんだ。

ルミが、広い階段を下りて来ると、前畑の方へは行かず、麻紀たちに追いついて来た。

「ルミさん」

と、ことみが言いかけると、ルミが、

「目が合いました。最後に一瞬」

と言った。

「そう」

「何だか——ちょっと笑ったように見えました」

——それきり何も言わず、ことみはパトカーに乗って病院へ向った。サイレンが都心のビルの谷間に鳴り渡った。

麻紀とルミは、そのパトカーがたちまち遠ざかって行くのを見送っていたが……。

「ルミ……」

「うん」

「行こう」

「うん、行こう」

二人は何となく手を取り合って、そのまま地下鉄の駅へと歩いて行った。

雨はいつしか止んでいて、ホテルの玄関前には報道陣の車が次々にやって来ていた。


前日の真夜中に、ルミのケータイへ前畑が電話して来た。

「最後の仕事だ」

と、前畑は言った。「君にもずいぶん迷惑をかけたね。すまなかった」

「そんなこといいけど……。今、どこ?」

「のんびりお湯に浸って、少しのぼせたところさ。明日、午後三時に、Tホテルに来られるかい?」

「もちろん行くけど」

「麻紀君も、できれば一緒に。ただ、危険があるから、見かけても僕に近付いちゃいけないよ」

「何をするの?」

「仕事だ。本来のね」

「殺すの? 誰を?」

「山倉と、あの女刑事だ」

「そんな――」

「心配するな。殺せば、色んなことがうやむやになる。それが狙いだろう。だが、殺さない。わざと外す。山倉も自分の罪をちゃんと償うことになる」

「でも――前畑さんは?」

「僕はどうせ生きてはいられないよ。依頼主は、山倉たちを殺した後、うまく逃がすと言ってくれてるが、そんなのは嘘だ」

「それじゃ……」

「君たちが、僕を変えてくれた。やってることは変らないが、君たちには幸せになってもらいたいと思ってる。こんな気持は初めてだ」

「前畑さん……」

「それじゃ」

「待って」

「何だい？」

「ね。——本当の名前、教えて」

前畑はちょっと笑って、

「この名前で憶えていてくれ。それに、じき、忘れるよ」

「——たぶんね」

と、ルミが言ったときは、もう切れていた。

すでに、辺りはほの暗くなりかけていた。

麻紀は大学からの帰り道、少し足取りを速めていた。——それでも、以前ほどではない。

あの日。すべての始まりだったあの朝、竹内貞夫が前畑に射殺されるのを見た、その駅の出口を通るとき、今でも足取りは速くなるが、それでも大分普通に戻りつつあった。

どんなに大きな衝撃も、時が和らげていく。

あの階段を上ろうとしたとき、

「麻紀さん」

と呼ばれて足を止めた。

振り向くまでもなく、分っていた。

「ことみさん！　大丈夫なんですか？」

西原ことみが、松葉杖を突いて、立っていた。

「昨日退院したの」

と、ことみは言った。「今、急いでる？」

「いえ、別に……。本当はレポートがあって大変なんですけど」

と、麻紀はちょっと笑って、「ことみさんは最優先！」

「ありがとう。じゃ、お茶でも飲みましょうか」

と、ことみは言った。

――少し大学の方へ戻った所のコーヒーショップに入ると、二人は窓際のテーブルについた。

麻紀はコーヒーを二つ運んで来ると、

「ルミと、昨日会って話してたんです。ことみさん、どうしてるかなって」

「ルミさん、元気？」

「ええ。もうすっかり。――でも、やっぱり話してると、どこか大人で。私、置いてきぼりを食ってる気がします」

「そんなことはないでしょ。もちろん、ルミさんの経験したことは……」

と言いかけて、「もう、後はルミさん自身が解決するしかないのよね、きっと」

「そう思います」

ことみはコーヒーを一口飲んで、

「あなたたちに知らせておかなきゃと思ってね」

と言った。「山倉が雇っていた男が、逮捕されたわ。林田充子さんと杏さんの車を湖へ突き落としたドライバー。そして、佐伯芳子さんのバー〈R〉で、サヨさんというホステスさんを、芳子さんと間違って射殺した男」

「そうですか！　じゃ、これで状況は……」

「ともかく、取り調べるのはこれからだけど、悪い奴は決して逃がさない」

ことみは力強く言った。

「でも、その後、山倉のニュース、さっぱり見なくなりましたね」

「捜査は進んでるわ。でも、マスコミが怖がって、なかなか載せないのよ」

「情ないなあ」

と、麻紀は憤然として、「ことみさんだって、私たちだって、命がけだったのに」

「本当よね」

と、ことみは微笑んで、「私も、仕事をかけるつもりでやってるわ」

「私、ルミを見てて思ったんです」

「何を?」

「いざ、ってときは、女の方が絶対強いって。ルミって、どっちかというと、いい加減なところのある子だったのに、あの前畑の気持まで変えちゃうんだもの。ルミ、凄くしっかりして来ましたよ」

「そうね。ルミさんはかなり無鉄砲に突っ走ったと思うけど、それでちゃんと成長したのね。私も見習わないと」

「ことみさんは、まだこれから恋をするんですよね」

「こら!」


ことみが困ったように苦笑して、麻紀をにらんだ。

そのとき、ことみのケータイが鳴った。


「どうして急に?」

と、ことみは会場で記者の森田を見付けてそばへ行った。

「来たのか。大丈夫?」

「ええ。ちょっと不便だけどね」

記者会見場は、記者とカメラマン、そしてTV局のカメラも入っている。

「さすがに、関心高いわね」

——会見するのは、鈴掛の叔父、鈴掛広士である。

山倉に、少女を紹介していたこと。——その点は、すでに認めていた。

「鈴掛悟も来てるようだ」

と、森田が言った。

一体何を話すつもりだろう?

「私も入れちゃった」

麻紀はことみについて来て、そのまま会場に入って来たのだった。

「もう時間だな」

と、森田が言うと、会場の前方の扉から鈴掛広士が入って来た。

そして、少し遅れて鈴掛悟も。

「老けたわね」

と、ことみが思わず呟いた。

鈴掛悟は、スーツ姿だが、ネクタイはしていなかった。叔父の広士の方は、かなりくたびれたジャケットにスポーツシャツ。まだ五十五、六のはずだが、髪は真白になり、老人という印象だ。

正面のテーブルに並んだ二つの椅子に、二人は腰をおろした。前にはマイクが林立していて、カメラのシャッター音が一斉に波のように盛り上った。

弁護士の男性が、この記者会見は鈴掛広士本人の希望で開かれたものであることを説明した。

「では、鈴掛広士さん本人から皆さんにお話ししたいとのことですので——」

と言いかけると、

「山倉大臣との関係について!」

と、手を挙げた女性記者がいた。

「待って下さい。ご質問は後でお願いします」

「ちゃんと質問させてもらえるんですね?」

「大丈夫です。ともかく今は……」

弁護士が広士の方を見る。

広士は、どこか少しぼんやりした様子で、目の前の記者たちを眺めてから、

「色々ご迷惑をおかけして……」

と、力のない声で言った。「警察での取り調べ

に、大体のところはお話ししているのですが……。私としても、知っていることを洗いざらい話さなくては、と思い……。死んだカレンは私の娘でした。今になって思えば、どうして危険を承知で、あんなことに……。自分の娘を差し出すような真似ができたのかと……」

広士は涙がこみ上げて来て、言葉を切った。

野添カレンが広士の実の子だったことは、すでに知られていた。娘を失ったせいで、広士が山倉の秘密を暴露したことは、政界を揺るがした。しかし、まだ入院中の山倉は、カレンの死はあくまで事故だったと主張している。

とはいえ、山倉を非難する声は高く、大臣のポストを辞任すると表明していた。

「――カレンの件については、ご存じの通りです」

と、広士はクシャクシャになったハンカチで涙を拭いて、何度か息をつくと、続けた。「ですが――まだ言わなくちゃならないことが……。このまま、曖昧にすませてしまっては、あの子が――カレンが浮かばれない。そうなんです。私は山倉先生の後援会長として、できる限りのことをして来ました。地元での先生の人気は大したものでで……」

立ったまま、隅の方で会見の様子を眺めていたことみは、鈴掛悟が上着の内ポケットへ手を入れるのを見た。

ハンカチでも取り出すのかと思ったが、ハンカチを内ポケットには入れないだろう。

まさか――。

誰もが、声ひとつ上げられなかった。

鈴掛悟が、鋭い刃物を手にして、隣に座った叔父の広士の胸を突き刺したのである。

麻紀は息を呑んだ。

「――誰か止めて！」

と、ことみが叫んだ。「取り押えて！」

しかし、誰も動かなかった。これが現実だと分っていないかのようだった。

その間に、鈴掛悟は刃物で広士の胸を二度、三度、突き刺した。

広士の上半身はたちまち血に染まっていった。

広士はびっくりしたように、目を見開いて、自分を刺している鈴掛悟を見ていた。

そして、いきなりズルズルと椅子から滑り落ちて、床に倒れた。

「森田さん！　行って！」

ことみも、松葉杖を投げ出して、足を引きずりながら正面のテーブルへと急いだ。森田が、

「やめろ！」

と怒鳴りながら、鈴掛悟の方へ駆けつける。

麻紀は、ことみを追って、その肩を支えながら、一緒にテーブルの向う側へと回った。

広士は血に染まって床に倒れている。もう命がないことは一目で分った。

心臓を狙った深い傷が何か所も見える。助かるはずもなかった。

「鈴掛さん！」

と、ことみが言うと、鈴掛悟は初めてことみに気付いたように、

「あんたもいたのか」

と言った。「手間が省けたね」

「それを渡して！」

ことみが手を差し出すと、鈴掛悟は広い刃の血ぬられたナイフを素直に手渡した。

「森田さん――」

「今、警官が来るよ」

「でも――どうして？　何のために叔父さんを」

鈴掛悟も、カレンの死に係っているし、林田充

子や杏を車ごと湖へ落とすよう指示した疑いを持たれて、いずれ逮捕されると思われていた。しかし、こんなことが……。

「世の中のためだ」

と、鈴掛悟が言った。

「何ですって？」

「これ以上、やり過ぎると、世の中が混乱するんだ。大きな一つの秩序が揺らいでしまう。止めなきゃならなかったんだ」

「鈴掛さん、あなた、気は確か？」

「ああ、もちろんだ。しかし、人殺しは人殺しだ。逮捕してくれていいよ」

「それって——自分はいいことをした、って意味？」

「君には分らない」

鈴掛悟は傲然と言って、胸を張った。

「私、行くね」

と、麻紀がことみに言った。「血を見ていたくない」

「ええ。ごめんなさいね。もう行ってちょうだい」

ガードマンと制服警官が何人か、駆けつけて来た。

麻紀は、ことみが投げ出していた松葉杖を拾って森田へ渡すと、会場を出た。

あの駅前で見た、射殺された竹内の血。今見た、鈴掛の叔父の血。

どうして、血を流さなくてはいけないんだろう？　そんなことで、一体何が変るというのか……。

もう——もう血は沢山だ！

麻紀はほとんど走るような勢いで、地下鉄へと急いだ……。

エピローグ

大学の事務室の前で、麻紀はルミの来るのを待っていた。

自分が少し早く着いてしまったので、学生向けの掲示をのんびり眺めていた。

どうせルミは少し遅れて来るだろう……。

ところが、バタバタと駆ける音がして、振り向くとルミが息を切らして走って来る。

「ごめん！　待った？」

「ルミ。――どうしたの？　まだ約束の時間に十分くらいあるよ」

と、麻紀が言うと、

「え？　――あ、本当だ」

「大丈夫？」

「うん。ただね――ごめん、麻紀！」

「何が？」

「うん、ちょっとね、私――具合悪くなっちゃったんだ」

「具合悪くって……。どこか痛いとか？」

今日は待ち合わせて二人で美術展を見に行くことにしていた。

「そうじゃなくて……他に予定が……。ごめんね！」

「あ、そう……」

このルミの焦りようは何だろう？　麻紀は困惑したが、

「じゃ、また別の日にする？　私、一人で行って来てもいいけど」

「ああ、一人でね。うん、そうしてくれる？　私のせいで行きそこねたら悪いし」

「まだしばらくやってるから、それは大丈夫だけど……。ともかく今日は——」

「うん！　それじゃ、また連絡するね！」

と言うなり、ルミは駆け出して行ってしまった。

「ちょっと、ルミ！」

と呼んでも、もうルミの姿はない。

どうしちゃったの？

　麻紀は校舎の外へ出て、左右を見渡した。すると——弾けるようなルミの笑い声が聞こえて来たのだ。

「え……。ルミ？」

　伸び上って、その笑い声の方を見ると、ルミが軽やかな足取りで歩いて行く後ろ姿が目に入った。

——男の子としっかり腕を組んで。

「そういうこと……」

　ルミより大分背の高い、脚の長い男の子。

「ああ！　あれだ」

　大学の二、三年生で作っているバンドがあり、この間、学内でのコンサートに、ルミと二人で行った。

　そこでベースギターを弾いている子を、ルミがしきりに、

「素敵だよね！」

とくり返し、声援を送っていたのだ。

　あの子に間違いない。

「ルミったら……」

　麻紀はホッとしながらも、「また、差つけられた……」

と呟いていた。

　ケータイが鳴って、

「——あ、ことみさん。元気ですか？」

「もう普通に歩けるの。心配かけたわね」

と、西原ことみは言った。「そちらは？」

　麻紀は校門に向って歩きながら、ルミの新しいボーイフレンドのことを話した。

「若いのね。安心したわ」

「私、一向に」

と麻紀は言って、「その後はどうなってるんですか?」

山倉は撃たれた傷を口実に、長期入院していた。マスコミもこのところ、山倉の話題を取り上げない。

「白骨で見つかった子や死んだカレンちゃんのことは、必ず責任を取らせる」

と、ことみは言った。

「頑張って下さい」

「それとね、あの叔父さんを殺した鈴掛悟なんだけど」

「どうかしたんですか?」

「弁護側が請求してた精神鑑定が認められたの」

「え? そんなこと――。あの人、明らかに計画的に……」

「もちろんよ。でも、普段はなかなか認められないのに、アッサリ。前もって、そういう話になってたとしか思えない」

「とんでもない話ですね。腹が立つ!」

「様子を見守るしかないけど、鈴掛は自分が手を下してない件でも逮捕されてるから、罪を逃れさせやしないわ」

「頼もしいですね」

と、麻紀は言った。

また会って話しましょう、ということみの言葉で、電話は切れた。

――もちろん、これまでもことみは事件の詳細が明らかになる度に、連絡してくれていた。

麻紀の目の前で射殺された竹内貞夫は、山倉の身辺を取材する内、山倉の地元で少女が行方不明になった事件がいくつか起っていることを知った。

その家族から、子供が着ていたものを預かったが、すでに竹内には危険が迫っていた。竹内はその服を、元妻の佐伯芳子へ送ったのだが、その意味を説明する機会のないまま殺されてしまったのだ。

暗殺の指示は、当然山倉が出していたと思われたが、山倉は鈴掛広士が勝手にやったことだと言い張っている。広士が死んだ今となっては、山倉の罪を問うことは難しい。

一方で、山倉にひそかに対抗していた勢力が、芳子のことを知って、金を送るなどして生活を助け、バーのマダムのポストにも就けていた。

鈴掛広士は、林田充子と氷川杏をうまく使って、山倉の「表向きの裏の顔」を演出していたが、あの土砂崩れから子供の白骨が見付かったことで、あわてた。

鈴掛広士と悟は、充子と杏の二人を消し、バー〈ミツコ〉も地上から抹殺してしまった。しかし杏が生きていることを知らなかったのだ。

そのうえ佐伯芳子を殺そうとして、誤って代りのホステスを殺してしまった。——一旦泥沼に足を取られると、すべてが悪い方へと転がって行くものだ。

山倉は見放された。カレンの死で、山倉は政界の最大勢力にとって、危険な存在になってしまった。

竹内を殺すために雇われた〈前畑〉が、〝影の総理〟と言われた老人からその腕を買われて、今度は山倉を殺すように依頼された。山倉と西原ことみを殺せば、その場から逃走できる話になっていたようだが、予測できなかったのは、〈前畑〉が、二人の女子大生を知ってしまったことだった。

いずれは消される。——前畑はそう察していた。

それならば……。

山倉も、自分を殺させようとしたのが誰なのか、当然知っている。どこまで告白して我が身を守るか、必死で計算していることだろう。

——佐伯芳子は、わけの分らない筋で任された銀座のバーは辞めて、自力で小さな店を始めた。そこには氷川杏や、銀座の店にいた子もやって来て、にぎわっているようだ。

もちろん、まだまだ明らかになっていないこともある。

ことみの力ではどうにもできない、「上の方」での取り引きもあるかもしれない。

それでも——偶然目撃した暗殺から、危険に巻き込まれた麻紀の日々には平和が戻った。

——駅が見えて来た。

もう、あの階段を通るときに、恐ろしさで震えることはない。

ことみが言ったことを思い出す。

「あの〈前畑〉と名のってた男、いくら調べても、本当の名前も、身許も分らないの。悔しいけど、みごとだわ。本当のプロだったのね」

そう。

前畑さん。私もルミも、その名前で、ずっとあなたのことを憶えているわ……。

麻紀は軽やかな足取りで、その階段を上って行った。

小説新潮　二〇二二年五月号～二〇二三年九月号に連載

暗殺《あんさつ》

著者／赤川次郎《あかがわじろう》

*

発行／ 2024年 1 月30日

発行者／佐藤隆信

発行所／株式会社新潮社

郵便番号 162-8711 ／東京都新宿区矢来町71

電話：編集部 03(3266)5411・読者係 03(3266)5111

https://www.shinchosha.co.jp

*

装幀／新潮社装幀室

印刷所／大日本印刷株式会社

製本所／大口製本印刷株式会社

*

価格はカバーに表示してあります。

乱丁・落丁本は、ご面倒ですが小社読者係宛お送り下さい。送料小社負担にてお取替えいたします。

ISBN978-4-10-338140-2　C0093